세상에서 가장 사랑하는

_____ 에게

사
랑
책

# 사랑책

오직 사랑, 사랑만이 필요합니다

장상용 지음

21세기북스

# 오직 사랑 _

　어느 여름 날 만난 제주도 사려니숲은 신비로웠습니다. 바닷물이 사상 최대의 태풍에 휩쓸려 검은 흙 위로 우르르 떠다니며 사람들을 공포에 몰아넣은 바로 다음날이었습니다. 비행기 시간 때문에 차에 탄 채로 그 숲을 그냥 통과할 작정이었지만 신비로운 힘에 이끌려 시동을 끄고 말았습니다. 눈앞엔 전나무가 무리지어 서 있었습니다. 그중 유독 한 그루 나무가 부르는 것 같았습니다.

　숲으로 뛰어드니 전나무 가지와 잎이 겹겹이 폭신하게 쌓여 있었습니다. 발끝부터 포근함이 정수리로 올라왔습니다. 몸통에 이끼가 촉촉. 저는 그냥 그 나무를 껴안았습니다. 아니, 그 나무가 저를 껴안은 것이었는지 모릅니다. 눈이 저절로 감겼습니다. 그 나무는 제가 껴안아줄 때까지 그곳에서 얼마의 시간을 기다려준 것이었을까요. 눈을 감고 있는 동안 이 세상에 혼자가 아니라고 느꼈습니다. 그리고 숲과 하늘과도 하나가 된 듯한 경이로움에 빠져들었습니다. 숲 사이로 스며드는 햇빛은 나무들의 영혼이 하늘로 드나드는 통로처럼 보였습니다.

위로와 힐링이 한동안 대한민국에 사는 이들의 공감을 얻었습니다. 우리가 내딛는 한 발이 천길 아래의 크레바스*인지 알 수 없는 세상이 됐습니다. 대한민국이 선진국 대열에 들어선다고 하는데 왜 나는 이렇게 힘든 것인지 아무도 설명해주지 않습니다. 모두 헉헉대면서 무거운 수레를 끄는 말처럼 고단합니다.

위로와 힐링은 상처받은 자를 치유하는 사후적 개념입니다. 병원에서 수술하거나 치료를 받은 후에 맞는 항생제처럼 말입니다. 하지만 이미 병에 걸린 후 치료를 받은들 그전의 상태로 돌아가긴 어렵습니다. 우리 사회엔 사후처방보단 사전처방이 필요합니다.

그 사전처방이 바로 사랑입니다. 나만 치유돼서는 행복할 수 없습

---

* 크레바스Crevasse. 빙하가 갈라져서 생긴 좁고 깊은 틈.

니다. 우리는 그 사랑의 광채를 빅토르 위고의 『레미제라블』과 에밀리 디킨슨의 시 「사랑은 생명 이전」 등에서 봅니다. 인류가 만들어낸 수많은 이야기는 다양한 빛깔의 사랑으로 빛납니다.

인간은 사랑이 없으면 단 한 순간도 생존 불가능한 존재입니다. 사랑은 주변 사람과의 일상적 관계로부터 시작합니다. 그것은 인간을 살아 움직이게 하는 기적의 에너지원이며 나눌수록 더 커집니다. 누군가 전해준 한 조각 사랑이 한 사람의 인생을 통째로 바꿀 수 있습니다. 이 세상 모두가 외면해도 자신을 인정하고 사랑해주는 단한 사람이 있다면 거기서 기적의 꽃이 피어납니다. 많은 사람이 돌을 손에 들고 타인을 향해 던지고 있습니다. 김혜자는 '꽃으로도 때리지 말라'고 외쳤습니다. 사랑은 인간의 마음을 황폐하게 하는 '독감'이 휩쓸 때 우리를 시켜주는 백신이 될 것입니다.

오직 사랑Only love. 저는 이 세상을 구하는 근원은 사랑임을 절감

합니다. 사랑은 힐링이나 강력한 법보다 먼저입니다. 지금 이 순간에
도 당신의 눈빛과 말 한마디, 격려와 용서를 절실히 기다리는 누군가
가 있으리라 생각합니다. 소망해봅니다. 인생의 마지막 순간에 내가
누군가의 심장에서 영혼의 촛불로 빛날 수 있기를……

장상용

# 차례

# 2부

## 나도 누군가에겐 영혼의 촛불

**5**부
# 내 손의 돌을 내려놓는 순간

게 아무 의미가 없던 대상들이 자신을 보아달라고 신호를 보냅
다. 자세히 보면 크든 작든 생명이 있는 모든 존재가 제
각 매력적입니다. 우리는 바쁘다는 핑계로 이해관계의 그물 속
들어온 대상만 제한적으로 바라봅니다. 사랑하는 마음으로 누
가 바라볼 때 우리는 그 모든 것에 관심을 두게 됩니다.
성 부분만 좋아하지 않습니다.

1부

사랑은
생명 이전

# _사랑은 천지창조의 근원

운명의 첫사랑을 처음 만났을 때 몸이 마비되는 전율. 어느역 스크린도어에서 에밀리 디킨슨이 쓴 「사랑은 생명 이전」이라는 단네 줄짜리 시를 우연히 보고 전 그만 얼어붙고 말았습니다.

사랑은 — 생명 이전이다 Love - is anterior to Life -

죽음 — 이후이다 Posterior - to Death -

천지창조의 근원이다, 그리고 Initial of Creation, and

지구의 해석자 The Exponent of Earth —

단 네 줄로 이루어진 이 시를 읽고 나자 찌르르한 느낌이 목을 타고 지나갔습니다. 이 세상에 나와 같은 생각을 한 사람이 존재했다니. 그리고 얼마가 지난 후 스크린도어에 비친 제 모습이 눈에 들어오기 시작했습니다.

사랑에 관한 이 짧은 시에서 '사랑'이란 단어는 단 한 번 등장합니다. 시인 에밀리 디킨슨은 사랑을 미사여구로 장식하려 하지 않았습니다. 여러 번 강조하거나 신비주의로 포장해 모호하게 표현하지도 않습니다. 이처럼 최소 단어를 가지고 모든 걸 설명할 수 있다니 놀랍기만 합니다.

어쩌면 사랑은 우리에게 흔해져 버린 단어입니다. 그래서 쉽게 마셔버리는 물처럼 고마움이나 절실함을 느끼지 못할 때가 잦습니다. 선물용 포장지에 인쇄된 수십 개의 하트 모양 기호로 너무 쉽게 소비되는지도 모릅니다.

하지만 시인에겐 사랑이란 단어가 너무도 절실합니다. '사랑은 − 생명 이전이다'는 한 문장에 모든 게 들어 있습니다. 우리 모두는 생명, 즉 목숨이 가장 본질적이라고 생각합니다. 숨이 붙어 있는 다음에야 사랑도 있을 수 있다는 것이지요. 그러나 시인은 목숨보다 사랑이 먼저라고 말합니다. 사랑이 없다면 살아 있어 봐야 산 게 아니라는 뜻입니다. 시인의 직관은 무섭기까지 합니다. 삶 속에서 사랑을 잃어버린 사람들이 목숨을 던져버리는 사태가 끊이질 않으니까요.

두 번째 줄에서 시인은 왜 '(사랑은) − 죽음 − 이후이다'고 말했을까요? 누군가 호흡이 멈춘 이후에도 그 사람이 다른 사람에게 남긴 사랑은 사라지지 않습니다. 여기서 그 놀라운 이치를 전합니다. 사랑을 가진 사람은 죽은 후에도 다른 이의 마음속에서 살아가는 것임을……

'(사랑은) 천지창조의 근원, 그리고 지구의 해석자'라는 문장은 소박하지만 모든 걸 설명합니다. 모든 생명체는 사랑의 행위를 통해 새 생명을 탄생시킵니다. 나이가 지구에서 벌어지는 모든 현상에 사랑이란 프리즘으로 설명되지 않는 것이 없습니다.

이 시를 쓴 미국 여류시인 에밀리 디킨슨은 '시인들이 가장 사랑하는 시인'으로 불립니다. 사진 속의 시인은 깔끔하고 단정합니다. 그녀의 시처럼 말이죠. 청교도 가정에서 자란 그녀는 평생 독신으로 살며 외출도 않고 집안에서 은둔했습니다. 대중이 알아주지도 않았지만 그녀는 이처럼 천재적인 시를 남겼습니다.

「사랑은 생명 이전」을 다시 한 번 읽으며 그녀의 삶을 생각해봅니다. 그녀는 에밀리 브론테나 샬럿 브론테가 그랬던 것처럼 젊은 나이에 이미 타고난 감수성으로 세상을 알아버린 것이죠. 그리고 시와 사랑에 빠진 게 아닐까요? 아르테미스 신전을 지키는 여사제처럼 말입니다.

그녀는 사실 타인보다 더 큰 고독, 외로움과 싸웠을 것입니다. 그 고독과 외로움이 「사랑은 생명 이전」과 같은 시를 빚어낸 조건이라니, 세상은 참 역설적입니다.

같은 시대에 태어났더라면 그녀를 사랑했을 것만 같습니다. 지하철 스크린도어를 다시 봅니다. 영혼을 적시는 시의 위대함을 봅니다.

# 사랑은 햇빛 _

햇빛은 식물에 절대적입니다. 그늘 속 담벼락에 붙어사는 담쟁이도 햇빛을 간절히 원합니다. 우리가 담쟁이의 속마음을 알아채지 못할 뿐이죠. 잎이 하나인 담쟁이가 그늘에 들어가면 햇빛을 더 받으려고 잎을 세 개로 늘립니다. 그렇게 담쟁이는 제 몸을 찢어서라도 햇빛을 붙듭니다.

봄에 피는 꽃들은 유독 키가 작습니다. 키 큰 나무들이 아직 잎을 내지 않아 햇빛을 그대로 받을 수 있기 때문입니다. 에너지를 낭비하는 대신 다른 경쟁자들이 나타나기 전에 빨리 꽃을 피우고 결실까지 맺는 겁니다. 그런 이유로 봄꽃들은 올망졸망 예쁜 모양새로 우리에게 즐거움을 줍니다.

사랑은 사람에게 햇빛과 같습니다. 사랑이 부족한 사람의 삶은 말라비틀어지고 균열이 갑니다. 아무리 멋진 식당에서 비싼 일품요리를 먹어도 외로운 삶이라면 푸석푸석하기만 할 겁니다. 나 아닌 상대에게서 받는 사랑이라는 양념이 부족하다면 어떤 음식이라도 항상 완성된 상태가 아니죠.

어느 날 유독 사람들과의 관계가 꼬이고 평소엔 귀찮기까지 한 전화조차 오지 않으면 극도로 피곤해집니다. 밥이나 돈으로는 결코 채워질 수 없는 허전함. 러시아 소설가 안톤 체호프는 햇빛이나 사랑을 '갈매기'라는 단어로 표현한 것 같습니다.

희곡 『갈매기』에서 모든 등장인물은 심장에 각자의 갈매기를 지니고 있습니다. 그러나 자신이 바라보는 상대는 또 다른 사람을 바라보고 있습니다. 이런 걸 엇갈린 사랑이라고 하죠? 사랑의 방향을 정리해봅니다.

메드베젠꼬→마샤→뜨레쁠레프→니나→뜨리고닌→아르까지나

서로 주고받고 소통하는 사랑은 하나도 없습니다. 작가 지망생인 주인공 뜨레쁠레프의 경우 마샤에게 끈질기게 구애를 받지만 관심이 없고 니나의 사랑을 얻고자 합니다. 마샤에겐 뜨레쁠레프가 갈매기인 셈입니다. 체호프는 극적인 갈등이 아니라 각 인물의 미묘한 심리적 갈등을 표현하기 위해 이 같은 작품을 고안했습니다. 니나는 잘나가는 유명 작가 뜨리고닌만 바라봅니다. 뜨레쁠레프는 총으로 자살합니다.

그들의 사랑은 구멍 뚫린 물주머니 같아서 줄줄 새어나갑니다. 그들은 누군가가 주는 사랑에 별 관심이 없습니다. 그들은 이런 상황을 알면서도 자기가 원하는 사랑만을 얻기 위해 마음속에서 갈매기처럼 강렬하게 울어댑니다. 사랑으로 채워지지 않는 가슴은 무엇으로도 보상받을 수 없습니다.

반면 어떤 여자든 사랑을 하면 햇빛을 받은 꽃처럼 피어납니다.

봉봉사중창단이 부른 「사랑을 하면 예뻐져요」란 옛날 가요의 노랫말을 잠시 볼까요?

사랑을 하면은 예뻐져요.
아무리 못생긴 아가씨도
사랑을 하면은 예뻐져요.
사랑을 하면은 꽃이 피네.
아무리 호박꽃 아가씨도
사랑을 하면은 꽃이 피네.
못생긴 여자들은 모두 다 사랑하소
사랑을 하면은 모두 다 미인 되네
사랑을 하면은 예뻐져요.
사랑을 하면은 꽃이 피네.

여자는 평생 무언가를 사랑하며 자신을 가꾸어갑니다. 그러다 보면 언젠가부터 '참 사랑스럽다'는 말을 듣게 되겠지요. 타고난 외모나 뛰어난 성형으로도 만들 수 없는 아름다운 꽃이 됩니다. 바라만 봐도 기분 좋고 근처만 가도 은은한 향기가 풍깁니다. 햇빛과 잘 어울리는 꽃. 그 곁에 있고 싶습니다.

# 자세히 보면 _

🪑 단단한 왕벚꽃나무 줄기에서 아래로 처진 가지가 흔들립니다. 자세히 보니 참새 한 마리가 비스듬히 기울어진 가지 위에 앉아 중심잡기를 하고 있습니다. 순전히 놀이라고밖에는 볼 수 없는 동작. 참새는 나무 위에 올라가 노는 꼬마 같습니다.

서울 송파구 성내천의 아침 풍경은 평소에는 볼 수 없는 모습으로 깨어납니다. 그래서 저는 특별히 성내천의 아침을 사랑합니다. 상류에서 하류를 따라 걷는 동안 똑같은 풍경은 하나도 없습니다. 물길과 물의 흐름이 다르고 주변의 나무와 풀이 제각각입니다. 그 길을 걷는 사람들도 매일 새롭습니다. 산책자의 시야와 각도에 따라 풍경은 또 달라집니다. 마치 액자 속의 풍경화가 달라지듯이.

그곳엔 자전거 길도 있습니다. 하지만 자전거를 타고 달리면 아침 안개가 걷히면서 수초 위로 하얀 나비들이 폴랑거리는 모습을 자세히 볼 수 없습니다. 곳곳에 세워진 작은 나무 이정표가 담쟁이 모자를 덮어쓴 근사한 모습을 만날 수 없습니다. 40~50대 아저씨 두 명이 돌다리 위에서 팔뚝만 한 잉어를 보며 "이거 붕어 아니야?"라고 헷갈려 하는 모습을 보며 씩 웃게 되는 기회도 없습니다. 나무 사이로 길게 난 대파밭에서 오래 묵은 대파들이 끝을 노랗게 물들이고 서 있는 모습은 또 어떤가요.

까치가 하얀 들꽃 사이에서 '깍 까각' 목청껏 노래하는 콘서트도 감상할 수도 없습니다. 까치의 목덜미가 부풀었다 커지면서 앰프처럼 소리를 쏟아내는 자연의 신비를 자전거 위에서나 자동차 안에선 포착해 낼 수 없습니다.

성내천을 걸으면 주변의 사물을 자세히 보게 됩니다. 내게 아무 의미가 없던 대상들이 자신을 보아달라고 신호를 보냅니다. 사람은 신체 특성상 걸을 때 무릎 아래쪽에 있는 것을 잘 보지 못합니다. 그래서 작은 꽃이나 풀들은 항상 같은 길을 지나가도 그곳에 있었는지조차 모르는 것입니다.

자세히 보면 크든 작든 생명이 있는 모든 존재가 제각각 매력적입니다. 우리는 바쁘다는 핑계로 이해관계의 그물 속에 들어온 대상만 제한적으로 바라봅니다. 성내천을 사랑하는 사람이라면 성내천의 모든 것에 관심을 두게 됩니다. 특정 부분만 좋아하지 않습니다. 대상에 대한 애정이 그런 집중력과 자세히 보기를 선사합니다. 그곳에 선 나를 비우는 일이 자연스러워집니다.

때로는 그 멋진 길을 걸으면서 아무것도 보지 못하는 날도 있습니다. 특별한 일이나 감정에 생각이 묻혀 있을 때 지나온 길과 풍경은 햇빛을 먹은 필름처럼 쓸모없어집니다. 복잡한 생각에 사로잡혀 걷다가 문득 눈을 돌리면 '내가 언제 저 길을 지나왔지?'라며 깜짝 놀라게 됩니다. 200~300미터나 되는 거리를 어떻게 걸어왔는지 모르는 당혹감이란! 자신의 생각이나 감정에 몰두하는 일은 주변의 모든 것을 무의미하게 만들 수도 있습니다.

두 몸이 물리적으로 한 공간에 있다고 해서 같이 산다고 할 수 없습니다. 자신의 생각과 감정에 사로잡혀 있는 시간이 많으면 가족들조차 자세히 보지 못하게 됩니다. 아내와 남편, 자식과 부모도 서로의 진짜 모습을 바라보지 못합니다. 한집안에서 걸어 다니면서 서로 몸이 부딪히지만 않게 움직이는 가족이 됩니다. 상대가 숨 쉬고 존재하는 것이 고맙고 위로가 되지도 못합니다. 상대가 잘 보이지 않으니까요. 반대로 내 뜻과 상황을 이해해주지 못하는 상대가 멀게만 느껴집니다.

오늘따라 남편이 평소 잘 쓰지 않던 얼굴의 어떤 부분이 실룩거린다든지, 아내의 메이크업이 미세하게 바뀌었다든지, 아이가 특별히 열광하는 것을 자세히 볼 일입니다. 연인이라면 상대의 이야기와 주제에 귀를 열어두는 것도 좋습니다.

성내천의 아침엔 특별함이 있습니다. 커플로 산책을 나온 부부가 꽤 많다는 점입니다. 그들은 걸으며 이야기하며 세상을 자세히 보는 부지런한 사람들입니다. 의미의 크기는 자세히 보기라는 태도를 통해 발생합니다.

해거름의 성내천도 아침과는 사뭇 다르게 걸어볼 만합니다. '오늘은 물가를 두런거리는 왜가리의 댄스를 구경하게 될까?'라는 흥분이 운동화 끈을 조이게 합니다.

물길과 물의 흐름이 다르고 주변의 나무와 풀이 제각각입니다.
그 길을 걷는 사람들도 매일 새롭습니다.
산책자의 시야와 각도에 따라 풍경은 또 달라집니다.
마치 액자 속의 풍경화가 달라지듯이.

# 인생의 X축과 Y축 _

톨스토이는 '사람은 무엇으로 사는가'라고 묻습니다. 시대가 복잡하고 빠르게 변해도 인생을 지탱하는 X, Y축은 불변합니다. 바로 일과 사랑입니다.

누구든 X축과 Y축 사이에서 살아갑니다. 양축 중 하나라도 부실하면 결코 인생의 행복을 가까이 두기가 쉽지 않습니다. 이 핵심을 깨달은 사람이 소설 『적과 흑』으로 유명한 스탕달이었습니다.

마리 앙리 벨*, 밀라노 사람, 그는 살고 쓰고 사랑했다.

스탕달의 희망에 따라 쓰인 묘비명입니다. '벨리즘**'이란 철학을 가진 스탕달은 자신의 삶을 세 가지 동사로 간략하게 정리합니다. 벨리즘은 '행복은 사랑과 일 속에 있으며 인간은 행복하기 위해 감성과 이성을 잘 단련시켜야 한다'고 주장합니다. 태어나는 것은 하늘이 정한 이치이지만 쓰고 사랑한 건 그가 삶을 살아가는 방법이었습니

---

* 마리 앙리 벨Marie Henri Beyle. 스탕달의 본명, 그는 1817년 로마 「로마, 나폴리, 피렌체에서」에서 스탕달이라는 필명을 처음 사용했다.
** 벨리즘Beylism. 관능을 지향하는 이기적인 행복론으로 스탕달이 자신의 본명을 이용해 만든 단어이다.

다. 벨리즘에 따르면 행복해지기 위해선 일과 사랑이 있어야 하고 일과 사랑을 자신의 감성과 이성으로 조율해야 합니다.

일과 사랑의 추구는 삶을 사랑하는 근본적인 태도입니다. 일은 삶을 가치 있게, 사랑은 삶을 아름답게 만들기 때문입니다. 삶을 사랑하는 사람만이 고난과 어려움 가운데서도 일과 사랑을 손에서 놓지 않습니다.

삶을 지독하게 사랑했던 사람으로 불후의 역사서 『사기』를 쓴 사마천을 빼놓을 수 없겠지요. 중국 한나라 시대 역사가의 가문에서 태어난 그는 흉노족과 싸우다 항복한 장군 이릉을 구명하려다 역적으로 몰려 궁형<sup>*</sup>을 받았습니다. 그의 인생에서 남자로서의 사랑이란 항목은 지워져 버렸습니다.

죽기보다 못한 치욕적 상황에서도 그는 자신의 일, 즉 사명을 붙들었습니다. 옥중에서 사형을 기다리는 임안에게 보낸 편지 『임안에 답하는 글』에서 사마천은 죽지 않고 글을 쓰는 이유를 다음과 같이 설명했습니다.

참고 견디며 오물 속에서 뒹굴면서도 끝끝내 죽기를 작정하지 못하는 까닭은 내 소원이 이루어지지 못함이 한스럽고 이대로 내 문장이 후세에 나타나지 못할까 봐 두려워한 까닭입니다.

———————
* 남성의 성기를 제거하는 형.

옛날부터 부귀한 자 그 이름이 마멸된 것은 헤아릴 수가 없습니다. 그런데 비상한 인물만이 지금까지 그 이름을 남기고 있습니다. 주周 문왕文王은 사로잡혀 『주역周易』을 지었고, 공자는 액을 만나 『춘추春秋』를 만들었고, 좌구명은 실명한 후에 『국어國語』를 낳았고 손자는 두 다리를 끊긴 후 『병법兵法』을 완성했으며, 여불위는 촉나라로 귀양갔기 때문에 『세난說難』『고분孤憤』 등을 이룰 수 있었습니다. 시 300편도 그 대부분이 성현들의 이와 유사한 발분으로 이루어진 것입니다. 이 모두 맺힌 마음이 풀리지 않아 마음 둘 곳을 잃었을 때 지나간 일을 기술하여 후손으로 하여금 알게 하기 위한 것입니다.

사마천은 분함을 가슴에 품고 역사를 써내려갔습니다. 권력자들의 행실을 낱낱이 기록하라는 아버지의 유언도 잊지 않았습니다. 기록하는 일이 다 끝나지 않는 한 눈을 감을 수 없다는 사명감이 때때로 식도를 타고 올라오는 수치와 역겨움을 억눌렀습니다. 그리하여 10여 년에 걸쳐 130권의 방대한 『사기』를 집필해냈습니다. 그는 『사기』 집필을 끝냈을 때 가슴에 매달린 큰 바윗덩이를 떼어낸 듯한 시원함을 느꼈을 것입니다.

사실 이 땅에 명멸하는 모든 사람의 삶이 가치 있는 것은 아닙니다. 또 아름답지도 않습니다. 분명한 목표를 가지고 일하고 누군가를 뜨겁게 사랑하며 치열하게 삶과 씨름한 사람만이 그 자취를 남깁니다. 회한도 없을 테고요.

일과 사랑을 각각 X축과 Y축에 그려넣은 그래프에서 나라는 존재는 어디에 있을까요? 일에서 성공하고 부를 거머쥐었는데 사랑이 충만하게 채워지지 않아 불행해진 사람들을, 어떤 일에서든 자신의 발자국을 남겨본 적이 없어 움츠러든 사람들을 종종 봅니다. 부족한 부분을 남몰래 채우려는 은밀한 욕심이 큰 사고를 불러오기도 합니다.

X축과 Y축 중 한쪽을 단단하게 구축한 경우는 아쉬운 대로 행복을 찾아 나갈 수 있습니다. 30대 초중반까지 사랑보다 일에 매진하는 직장인들이 그렇습니다. 굳이 어울리지도 않는 짝을 만들어 연애하며 에너지를 소모하고 싶지는 않다는 판단이 깔렸습니다.

X축이나 Y축 어느 것 하나 온전하지 못하게 마무리하는 인생은 불쌍합니다. X축과 Y축을 자기 스타일로 세워보고 그것을 지키려고 투쟁하는 것이 인생이란 생각이 듭니다. 그 단순한 핵심을 깨달으면 '내 삶은 왜 이렇게 엉키고 복잡한 거야?'라고 고민을 하지 않아도 되고 어디서 문제가 비롯됐는지 쉽게 파악할 수 있습니다.

'일하고 사랑하라. 그러면 나머지는 다 얻어지리라.' 스탕달의 묘비명을 좀 더 풀어쓰면 그렇게 되지 않을까요. 활기찬 생명을 부르는 그 단순명료함이 특별히 마음에 듭니다.

X축과 Y축을 자기 스타일로 세워보고
그것을 지키려고 투쟁하는 것이 인생이란 생각이 듭니다.
그 단순한 핵심을 깨달으면
'내 삶은 왜 이렇게 엉키고 복잡한 거야?'라고 고민을 하지 않아도 되고
어디서 문제가 비롯됐는지 쉽게 파악할 수 있습니다.

# 브로큰 하트 신드롬 _

🪑　　사랑하는 사람과 이별하는 슬픔은 이 세상을 모두 잃는 것과 같습니다. 차라리 내가 대신 죽어주었으면 하는 마음마저 듭니다. '사랑은 생명 이전'이란 구절은 이별도 설명해냅니다. 때로 연인이 죽으면 자신의 생명을 버리고 따라가는 극단적인 선택을 하기도 하니까요.

빅토르 위고의 소설을 뮤지컬로 만든 「노트르담 드 파리」는 아름다운 무대 연출과 넘버들로 명성을 얻었습니다. 저는 지금도 노트르담 성당의 종지기이자 꼽추인 콰지모도가 집시 여자 에스메랄다의 시체를 껴안고 절규하는 장면을 잊지 못합니다.

빅토르 위고는 진실한 사랑은 외모와 상관없음을 보여주려고 이 작품을 썼습니다. 추악한 외모를 가진 콰지모도, 근위대장 페뷔스, 노트르담 대성당 주교 프롤로는 동시에 에스메랄다의 사랑을 구합니다. 그중 프롤로의 계략으로 에스메랄다는 사형을 당합니다. 그러면서 세 남자 중 가슴으로 그녀를 사랑한 유일한 남자는 콰지모도였다는 것이 밝혀집니다. 콰지모도가 죽은 에스메랄다를 보며 「춤을 줘요, 나의 에스메랄다」를 부르는 대목에서 많은 관객이 눈물을 흘립니다. 너무도 슬픈 노래인데도 저에겐 그저 서정적이고 아름답게만 들립니다.

영원히 춤춰요. 나의 에스메랄다

노래해요. 나의 에스메랄다 나 그대와 함께 떠나리라

그대와 함께라면 죽음도 죽음이 아니라오

에스메랄다가 없는 이 세상이 콰지모도에게 무슨 의미가 있을까요? 콰지모도는 이미 마음의 결심을 한 듯합니다. '그대와 함께라면 죽음도 죽음이 아니라오'라고 외치는 노랫말은 이제부터 콰지모도의 사랑이 시작할 것임을 예고합니다.

콰지모도가 겪은 증상을 '브로큰 하트 신드롬broken heart syndrome' 이라고 부릅니다. 사랑하는 사람과의 이별로 말미암은 마음의 고통이 실제로 심장을 마비시키는 것을 뜻합니다. 반드시 사랑하는 사람과의 이별이 아니더라도 가슴 아픈 일을 당하면 심장에 통증이 오는 현상을 누구든 경험한 적이 있으리라 생각합니다. 이 현상은 과학적으로 입증돼 있습니다. 영국 랭커스터대학교의 스트레스 전문가 캐리 쿠퍼 교수는 배우자의 죽음이 남겨진 다른 배우자에게 어떤 영향을 미치는지 알아보았습니다. 그리고 금실이 좋은 부부일수록 금방 따라 죽는 사실을 밝혀냈습니다.

그가 발표한 바로는 25년 이상 오랜 시간을 함께해온 커플 중 한 사람이 죽을 때 그들의 나이가 60~70대라면 살아남은 사람도 6개월에서 1년 사이에 죽는 경우가 많다고 합니다. 커플이 죽으면 남은 사람은 면역체계가 급격하게 떨어지기 때문입니다. 배우자를 잃고 홀로 된 사람은 더는 사는 이유를 찾을 수 없게 되기가 쉽습니다. 많은 감정을 쏟아 붓고 의존도가 높을수록 배우자가 떠난 자리는 더 크고 허전하기만 합니다.

사랑하는 이와의 이별은 어떤 형태든 엄청난 스트레스입니다. 스트레스 지수를 측정한 '사회 재적응 척도'에 따르면 배우자 사망이 100이면 이혼 73, 별거 65, 가족사망 63이라 합니다. 오랜 시간 함께하거나 결혼까지 앞둔 커플이 헤어질 때도 그 상실감은 대단합니다. 당사자는 이별의 여파에서 오랫동안 벗어나지 못하기도 합니다.

사랑하는 이와의 이별은 인간의 힘으로는 피할 수 없는 운명. 노래를 부르고 비파를 뜯으면 산천초목과 짐승들이 넋을 잃고 귀를 기울였다고 하는 오르페우스도 연인을 구해내진 못했습니다. 죽음과 마찬가지로 이별을 예상하고 두려워할 필요는 없습니다. 지금 이 순간 연인, 사랑하는 가족, 친구와 함께 있다는 것만큼 중요한 게 어디 있을까요? 사랑하는 이와의 이별이 극한의 고통이라면 반대로 사랑하는 이와 함께하는 순간은 극한의 행복이 됩니다.

인간이 어리석다고는 하지만 한편으론 지혜로운 면도 있는 것 같습니다. 이 지구에서 예술을 통해 사랑하는 이와의 이별을 미리 체험하면서 현재의 소중함을 되새김질하는 유일한 존재이니까요.

# _H. 험버트 씨에게

🪑 '사랑을 얻지 못한다면 생명도 아무 의미 없다'고 하는 당신 께 편지를 드립니다.

블라디미르 나보코프가 1955년 발표한 소설 『롤리타』에 등장한 당신은 놀라운 생명력으로 현대인들에게 여전히 화제입니다. 열두 살짜리 롤리타를 손에 넣지 못해 안달하며 '불쌍한 H. 험버트 씨'라 고 수차례 자조하는 서른일곱 살. 당신의 모습은 우스꽝스럽고 한편 으로는 애처롭기도 합니다.

당신과 롤리타는 띠동갑 두 번을 넘는 나이 차이입니다. 유럽에 서 미국으로 건너온 미남 학자인 당신은 어린 시절 사랑하던 애너벨 이란 소녀를 잃은 트라우마를 앓고 있습니다. 당신의 눈엔 애너벨처 럼 열두 살 정도이지만 섹시하고 성숙한 소녀 이외에 어떤 여자도 눈 에 들어오지 않습니다. 그런 소녀를 당신은 '님펫*'이라 부르는데 롤 리타가 바로 미국에서 만난 운명의 님펫이었죠. 맞습니까? 그렇다면 『롤리타』는 '소아성애자(이 표현은 당신이 스스로 인정한 것입니다)' 험버 트가 롤리타를 손에 넣어 연인으로 만드는 '모험기'라고 할 수 있겠

---

* 님펫Nymphet. 님프와 펫의 합성어. 블라디미르 나보코프의 소설 『롤리타』에서 처 음 사용된 단어이며 '성적 매력을 가진 여자아이'를 의미한다.

군요.

당신을 '로맨티스트'라고 부를 수 없어 유감입니다. 당신은 본질적으로 남자들이 가진 기만과 모순을 확대하는 볼록거울과도 같습니다. '사랑'이란 이름 아래 당신이 저지른 행태들을 돌아볼까요?

당신은 미성년자인 롤리타에 접근하기 위해 롤리타 엄마와 결혼합니다. 그렇게 의붓아빠가 된 후 사랑의 방해자인 롤리타 엄마를 죽이려고 이 궁리 저 궁리 합니다. 롤리타 엄마는 이 모든 사실을 알아채고 결별을 선언하려다 사고를 당해 어처구니없이 죽습니다. 당신은 그때까진 엄청나게 운 좋은 남자였죠.

아내가 사망하자 롤리타를 데리고 두 차례에 걸쳐 미국 여행에 나섭니다. 당신은 롤리타라는 님펫과 함께 있다는 자체에 황홀해합니다. 육체관계에 집착하지 않는다고 면죄부를 받을 수는 없습니다.

노회한 당신은 사춘기 소녀가 좋아하는 물건들로 구애하며 롤리타를 손에 넣었습니다. 그 결과 롤리타는 어떻게 됐나요? 그녀는 당신과 3년이나 동거하는 바람에 남들처럼 평범한 소녀 시절을 보내지 못하지요. 당신의 '고귀한' 욕망을 충족시키느라 할리우드 배우가 되고자 한 롤리타의 꿈은 날아가고 말았습니다.

오죽했으면 롤리타는 두 번째 여행 도중 도망쳐 동거를 정리했을까요. 롤리타는 당신을 사랑하지도 않았는데 당신은 그 사실을 인정하지 않았습니다. 그것은 판타지였죠. 포르노에 가까운 자기기만이었습니다.

한 가진 인정합니다. 그녀를 향한 일관성과 올인. 당신은 시간이 지나도 롤리타를 잊지 못했습니다. 다른 님펫도 어떤 미녀도 롤리타를 대신할 수 없기 때문입니다.

2년이 지난 어느 날 가정을 이룬 롤리타에게서 돈을 지원해달라는 편지가 날아왔던가요? 당신이 찾아갔을 때 열일곱 살의 롤리타는 어느 별 볼 일 없는 남자의 아내가 되어 임신한 채 빈촌에서 어렵게 살고 있습니다. 당신 때문에 그녀는 꿈을 잃었고 자존감이 떨어진 여자가 됐습니다.

그럼에도 당신은 롤리타에게 새 출발을 하자고 애원했습니다. 『카르멘』의 돈 호세가 카르멘에게 한 것보다 더 애절하게. 혹시 그녀를 구원하겠다는 생각이었나요? 백만 번 죽었다 깨어나도 당신은 『부활』의 네흘류도프 공작이 될 수는 없습니다. 독백에서처럼 당신은 포기를 모르더군요.

나의 롤리타를, 이 롤리타를, 비록 핼쑥하고 더럽히고 다른 사내의 아이를 잉태했으나 여전히 눈동자는 잿빛이고 여전히 속눈썹은 거무스름하고 여전히 적갈색과 황갈색으로 빛나는 그녀를, 여전히 카르멘시타이며 여전히 나의 연인인 그녀를 내가 얼마나 사랑했는지! 인생을 바꿔보자, 나의 카르멘, 우리가 영영 헤어지지 않을 곳으로 가자. 오하이오? 아니면 매사추세츠의 황무지? 어디든 상관없다.

그녀의 눈이 동태눈처럼 흐릿해져도, 젖꼭지가 부풀고 갈라져도, 어리고 귀엽고 예민하고 비단결 같은 삼각주가 출산으로 찢어지고 더러워져도—무슨 일이 있어도 너의 창백하고 사랑스러운 얼굴을 보기만 하면, 너의 어리고 떠들썩한 목소리를 듣기만 하면, 나는 미칠 듯이 샘솟는 애정을 가누지 못할 것이다, 나의 롤리타.

당신은 갑자기 통 큰 남자가 되더군요. 롤리타가 떠나자는 제안을 거절했는데, 롤리타의 외모가 퇴색해 이젠 님펫이 아닌데도, 그녀에게 거의 전 재산을 주고 축복합니다. 대신 롤리타를 놓아두고 그녀를 꾀어 자신을 떠나게 한 극작가를 권총으로 처단합니다.

왜 그랬나요? 얼핏 보면 당신이 그녀를 너무나 사랑해서 저지른 일 같지만 실은 모든 책임을 벗어나려는 몸부림에 불과합니다. 처녀를 임신시켜놓고 낙태 수술비는 자신이 대겠다고 선심 쓰듯 하는 유부남과 무엇이 다르겠습니까? 그녀를 망가뜨린 첫 단추를 끼운 장본인이 당신임을 왜 인정하지 않습니까?

당신의 사랑은 지구가 멸망할 때까지 논란의 대상이겠지만 불행하게도 병적입니다. 아마도 '너와 내가 함께 불멸을 누리는 길은 이것뿐이구나, 나의 롤리타'라는 마지막 문장이 이를 말해줍니다. 그 울림이 너무나 집요하고 확고해서 등골을 타고 소름이 쫙 흘러내릴 정도입니다. 당신은 미국 전역을 추적해 임신한 롤리타를 찾아냈습니다. 그때 그녀는 얼마나 당혹스러웠을까요.

당신을 남자 중의 별종으로 치부해버릴 수 없어 얼굴이 화끈거려
집니다. 당신은 분명 남자의 보편성을 가지고 있습니다.

당신의 정신연령은 열두 살에 멈춰 있습니다. 덩치만 어른이지 속
은 욕망과 무책임만 가득한 철부지입니다. 대부분 남자는 여자만큼
정신적으로 성숙하지 않습니다.『털 없는 원숭이』로 유명한 동물학
자 데스몬드 모리스는『벌거벗은 여자』에서 이 점을 정확히 지적합
니다.

오랜 세월 진화하는 동안 남자는 나이를 먹어감에 따라 신체적
으로는 어린아이의 특징을 점차 벗어던지면서도 정신적으로는
어린아이의 기질을 버리지 못하고 어린아이처럼 행동하는 것으
로 변화해왔다. 이에 반해 여자는 나이를 먹어감에 따라 어린
아이의 신체적인 특징은 유지하면서도 행동은 어린아이의 기질
을 일찌감치 벗어던지게 됐다.

남자들은 힘과 권력을 장악했다고 여자보다 우월한 종족인 듯 행
동합니다. 이는 착각이고 모순이며 기만입니다. H. 험버트 씨, 당신
이 부르짖은 사랑도 그래서 기만적입니다. 카르멘의 매력에 넋이 나
가 살인을 저지른 돈 호세도 정신연령만 놓고 보면 당신보다 크게
나을 것도 없습니다. 오십보백보입니다. 직업을 불문하고 술만 마시

면 수컷으로 변하는 남자들이 당신에게 뭐라고 할 수 있겠습니까?

하지만 처음부터 마지막 순간까지 몸을 던진 당신의 몰방이 어떤 이들에겐 희망이 되기도 했습니다. 현실에선 불가능할지라도 일생에 한 번쯤은 누군가에게 그런 사랑을 받아보았으면 좋겠다는 여자 분들도 적지 않은 것 같습니다. 당신은 본의 아니게 할리퀸 소설의 주인공이 되기도 했습니다.

그럼에도 미성숙한 당신의 사랑은 생명을 피워내지 못합니다. 지금도 성숙한 많은 여자가 여러 가지 형태의 미성숙아들을 어르고 달래며 사느라 고생하고 있습니다.

(혹시 이 편지가 회람 가능하다면) H. 험버트 씨의 동족 여러분, 자신이 그중 하나라는 생각이 들면 아내나 여자친구를 아껴주십시오. 내 욕구를 먼저 채우기보다는 상대방의 빈 마음을 어루만지고 채워주는 남자가 되십시오. 사랑하는 이의 마음을 얻지도 못하고 극작가를 처형해야 하는 비극이나 지독한 외로움에 처하는 대신 분명 아름다운 메아리로 보답받을 것입니다.

# 핸드 드립 커피

사랑과 커피는 나름 공통점이 많습니다. 향긋하고 부드러우며 만드는 사람이 정성을 얼마나 쏟는가에 따라 맛의 차이가 납니다. 사랑과 커피가 함께할 때 그 효과는 배가 되는데요. 분위기 좋은 카페에 앉아 연인과 눈을 마주치며 이야기를 나누기만 해도 행복은 가득 차오릅니다.

커피의 전설은 사랑과도 연관이 있습니다. 모카커피는 아라비아국 모카(지금의 북예멘)의 수호성 중 새크칼데의 제자 새크오마르로부터 탄생합니다. 수도사로 존경을 받고 있던 새크오마르는 모카국 공주의 중병을 고치고 난 후 공주를 사랑하게 됩니다. 하지만 그 사실이 발각되면서 오쟈브 지방으로 유배를 당하게 됩니다.

유배 생활을 하던 어느 날 그는 숲 속에서 아름다운 열매와 꽃을 발견합니다. 그런데 그 열매를 따서 수프를 만들어 마셨더니 힘이 솟는 것 같았습니다. 아름다운 열매는 커피였습니다. 커피를 마신 그의 신자들은 모두 커피를 좋아했습니다. 그는 커피를 발견한 덕분에 성자로 숭배를 받았죠. 커피는 새크오마르가 못다 이룬 공주와의 사랑을 승화한 새로운 사랑이었던 셈입니다.

비 오는 날이라면 특별히 핸드 드립 커피를 권합니다. 커피 특유의 향과 맛이 비처럼 촉촉이 젖어들어 온몸을 따스하게 해주니까요.

핸드 드립 커피는 바리스타가 직접 만들어주는 수제 커피입니다. 아메리카노나 에스프레소보다 정성이 몇 배는 더 들어갑니다. 원두의 양도 3배가 차이 나고요.

핸드 드립 커피는 원두를 갈아 드리퍼에 담고 물을 부어내리는 방식입니다. 바리스타는 연인을 어루만지듯 여러 번 원을 그려가며 천천히 물을 붓습니다. 신선한 커피일수록 거품이 많이 솟아오릅니다. 바리스타의 마음가짐과 정성은 곧 사랑입니다.

커피와 사랑의 공통점은 변수가 무수히 많다는 것입니다. 알랭 드 보통의 소설 『왜 나는 너를 사랑하는가』에서 주인공은 연인 클로이를 만나게 된 가능성을 계산합니다. 그 계산에 따르면 우연히 런던행 보잉 767 비행기 옆자리에 클로이와 나란히 앉을 확률은 5840.82분의 1입니다. 진짜 연인이 될 가능성을 따지면 분자는 변하지 않고 분모만 커지겠죠. 이 어마어마한 우연을 우리는 운명이라고도 합니다.

제가 만나본 양재동 핸드 드립 커피전문점 '앨리스토리'의 바리스타 이원배 씨는 말합니다.

바리스타가 기울이는 정성에 따라 같은 핸드 드립이라도 맛이 차이 납니다. 바쁠 때 조급하게 내리는 핸드 드립과 여유를 가지고 내리는 것과는 커피의 풍미가 다릅니다. 또 같은 콜롬비아 콩을 써도 수확 시기, 콩을 가는 방식, 볶은 정도, 물의 온도 등등에 따라 무한대의 변수가 생깁니다.

　결국 커피와 사랑은 끝을 알 수 없다는 겁니다. 사랑해본 사람은
인정하실 겁니다. 어느 정도 해봐도 '이게 사랑이구나'를 알 수 없다
는 것이죠. 사랑하면 할수록 새롭고 변수가 바뀌니까요. 오늘 마시
는 핸드 드립 커피 맛이 내일은 또 달라질 수 있습니다. 풀리지 않는
신비입니다. 맛좋은 핸드 드립 커피 한 잔이면 사랑을 전하기에 충분
합니다. 꼭 연인이 아니라도 마음의 이야기를 나누고 싶은 상대라면
누구든 좋습니다.

　이쯤에서 문득 이런 궁금증이 생기지 않나요? 어떤 핸드 드립 커
피가 가장 맛있을까요? 바리스타 설명을 함께 듣고 있던 누군가가
이렇게 말했습니다.

　"바리스타가 연인에게 만들어주는 핸드 드립 커피가 제일 맛있겠
는데요. 그 커핀 없나요?"

# 영혼에 대한 두 가지 태도

영혼의 무게는 21그램이라고 합니다. 이 솜털 같은 무게의 존재 덕분에 인간은 존엄성을 가질 수 있습니다.

죽음은 인간의 존엄성 문제를 적나라하게 드러냅니다. 생명이 끊어진다는 것은 이 땅에서 한 영혼이 사라지는 것을 뜻합니다. 이 세상의 관점으로 보면 아무리 보잘것없고 시시한 인생이라 하더라도 그 죽음을 가벼이 할 수 없는 까닭입니다.

죽어가는 자 혹은 죽은 자를 대하는 완전히 다른 두 가지 장면을 소개하고자 합니다. 인도의 빈민가에서 평생 빈민을 도운 마더 테레사는 인간의 영혼을 깊이 있게 사랑했습니다. 그녀는 가난한 사람이나 병자들을 돌보는 일도 소중하지만 죽음이 턱밑까지 임박한 임종자들에게 먼저 도움의 손길이 가야 한다는 것을 꿰뚫어 보았습니다. 그리고 그 사실 하나만으로도 마더 테레사는 다른 사랑의 실천자들과 격을 달리합니다.

마더 테레사는 인도 콜카타에서 가난한 자들 중에서도 가장 가난한 자들과 만났습니다. 헐벗은 사람도 많았고 거리 곳곳에는 죽어가는 사람들로 넘쳐났습니다. 뙤약볕 아래서 몸을 쪼그린 채 그대로 말라 죽어가는 사람은 물론 몸의 생채기에 구더기들이 들끓지만 그것을 떨쳐낼 힘도 없이 비참하게 최후를 맞이하고 있는 사람까지. 마더 테레사는 그들이 편안한 최후를 맞이하도록 해주는 것이 인간으로서 최후의 존엄성을 지키는 길이라고 생각했습니다.

마더 테레사는 아주 조그마한 베풂이 그들에겐 큰 위로가 됨을 알았습니다. 뙤약볕 아래 말라가는 임종자의 입술에 물 한 모금 축여주는 일, 임종자를 깨끗한 옷으로 갈아입히고 시트에 눕게 해주는 일, 임종자의 손을 꼭 잡아주는 일만으로도 영혼은 구원을 얻을 수 있었습니다. 임종자들이 행복했던 이 땅의 기억을 떠올리며 우주로 영혼 여행을 할 수 있는 발판을 만들어주는 것보다 더 소중한 일이 어디 있을까요? 그녀는 이 일을 통해 지구상에서 인간이 위대한 존재임을 역으로 입증했습니다.

마더 테레사는 1952년 콜카타에 죽어가는 사람들이 머물 수 있는 안식처인 '니르말 흐리다이Nirmal Hriday'를 설립해 이 일을 본격화했습니다. 지금도 보이지 않는 곳에서 사랑을 실천하고자 하는 한국 분들이 니르말 흐리다이를 방문해 그곳의 삶을 경험한다고 합니다. 그분들을 존경합니다.

반면 19세기 프랑스 화가 앙리 레뇨의 명작 「무어왕들의 참수 집행」은 인간의 존엄성이 땅에 떨어진 장면을 생생하게 보여줍니다. 이슬람이 장악한 스페인 그라나다 왕궁이 배경입니다. 한 흑인 남자의 목이 몸에서 분리된 채 계단에 굴러떨어져 있습니다. 계단은 피범벅입니다. 계단에 선 흑인 무어왕은 칼에 묻은 피를 자신의 붉은 천 옷에 쓱쓱 닦고 있습니다. 중요한 건 무어왕의 얼굴 표정입니다.

그 얼굴엔 일말의 연민도 보이지 않습니다. '감히 내 옷에 피를 묻히게 하다니'라는 오만함이 얼굴을 지배하고 있습니다. 아무렇지도 않게 타인의 목을 친 그는 '아, 이제 어떤 맛 난 것을 먹어볼까?'라며 식당으로 향할 것만 같습니다. 아주 맛있는 음식으로 배를 채운 후에는 한동안 하렘* 속에 파묻혀 여체를 탐하겠죠. 위로를 받고 싶을 테니까요.

이 그림 속 무어왕은 먹이를 뜯어 먹은 사자와 다를 바 없습니다. 영혼의 반짝임이 조금도 없는 상황에서 인간은 직립보행하는 유인원과 다를 게 없습니다. 물론 이 그림은 프랑스인들이 이슬람 문화권에 가진 낭만적 시각을 보여줍니다. 하지만 실제 역사에서는 이런 잔혹한 일들이 비일비재했습니다.

지금 이 시간 밤하늘을 바라보며 생각합니다. 저 별 하나하나가 죽음을 맞이할 때 최소한의 사랑을 받았던 사람들의 영혼이 아닐는지 그리고 이 땅을 떠날 때 받은 사랑만큼 별의 크기가 정해지는 건 아닐는지.

---

\* 하렘Harem. 이슬람 국가에서 부인이 거처하는 방.

지금 이 시간 밤하늘을 바라보며 생각합니다.
저 별 하나하나가 죽음을 맞이할 때
최소한의 사랑을 받았던 사람들의 영혼이 아닐는지,
이땅을 떠날 때 받은 사랑만큼 별의 크기가 정해지는 건 아닐는지.

# _암치료제보다 좋은 약

사랑이 이 시대를 이겨나가는 가장 좋은 방법이라는 저의 주장에 이렇게 반응하는 분이 있을지 모릅니다. '너무 뜬구름 잡는 이야기 아니야?' 혹은 '지금이 어떤 시대인데 너무 나약해 빠진 방식 아닌가?'라고.

우리보다 합리성, 과학적 사고, 수치를 중시하는 서구에서는 사랑의 효과를 과학적으로 입증하려는 작업을 진행해왔습니다. 그리고 어느 정도 결론을 냈습니다. 이와 관련한 데이터가 미국 생명윤리학자인 스티븐 포스트가 쓴 『왜 사랑하면 좋은 일이 생길까』에 자세히 소개돼 있습니다.

포스트가 사랑의 효과를 과학적으로 입증하는 연구에 착수하게 된 계기가 있습니다. 2000년 무렵 뮤추얼 펀드로 큰 성공을 거둔 투자업계의 전설적 인물이며 영국에서 기사 작위까지 받은 존 템플턴 경이 느닷없이 그에게 오직 사랑만을 연구하는 최고급 과학연구소를 세워보자는 제안을 합니다. 누군가에게 사랑을 주는 행위giving가 우리 삶에 어떤 영향을 주는지가 템플턴의 관심사였던 겁니다. 과학적으로나 진화론적인 측면에서 사랑이 추상적 명제가 아니라는 걸 입증해보자는 강력한 의지이기도 했습니다. 그렇게 해서 포스트는 존 템플턴 재단의 지원을 받아 '끝없는사랑연구소'를 케이스웨스

턴 의과대학의 독립 기관으로 세우고 연구에 착수합니다. 어떤 결과
가 나왔을까요?

잘 베푸는 청년은 노년기에도 심신의 건강을 유지할 확률이
높다.
주는 행위는 사춘기 시절의 우울증과 자살 충동을 낮춘다.
누군가를 돕는 행위는 지속적인 운동보다도 사망률을 낮춘다.
누군가를 도우면 일상의 스트레스가 줄어든다.
사랑을 실천하면 자신에게 관대해진다.
누군가를 위해 마음을 모으는 것만으로도 건강을 지킬 수 있다.
돕는 이가 도움을 받는 이보다 오래 산다.

사랑하면 면역글로불린 A와 몸과 마음의 조화를 이루고 있을 때
발생하는 뇌파인 알파파가 크게 는다고 합니다. 또 반대로 스트레스
호르몬인 코티솔이 눈에 띄게 줄어드는 작용도 확인했습니다.
특히 55세가 넘은 2,000여 명을 5년 동안 추적 관찰한 결과가 이
론을 뒷받침해 주었습니다. 두 곳 이상의 기관에서 자원봉사를 하는
사람들의 사망률이 그렇지 않은 사람보다 44퍼센트나 낮았습니다.
10대들을 대상으로 한 연구 결과는 특별히 흥미롭습니다. 주는 행위
에서 여학생이 남학생보다 익숙하다는 겁니다. 그런데 주는 행위에
서 얻는 행복감은 오히려 남학생에게 더 큰 효과가 있다고 합니다.

사랑은 남자들에게 더욱 필요합니다.

『죽음이란 무엇인가』를 펴내며 '죽음의 철학자'란 별명을 얻은 미국 예일대 철학과 셸리 케이건 교수가 한국의 엄청난 자살률에 대해 이런 말을 했습니다.

가장 끔찍한 건(자살보다 더 끔찍한 건) '어쩔 수 없는 일이다. 선진국이 되면 나타날 수밖에 없는 현상이다'는 식의 체념이다.

어쩌면 타인의 비극에 무감각해지는 사회를 중병에 든 환자로 볼 수 있지 않을까요?

처음엔 좀 엉뚱하게 보였지만 템플턴의 제안은 의미 있는 결론을 끌어냈습니다. 사랑은 현대 의학이 개발한 어떤 약보다도 뛰어난 명약입니다. 면역력을 높이고 나쁜 호르몬을 억제하고 기적의 치료를 이끌어내기까지 합니다. 심지어 매일 헬스장을 다니며 땀을 빼는 운동보다 더 낫습니다. 의학적으로 보자면 인간의 몸은 탁월한 자생능력을 갖춘 최고의 메커니즘입니다. 우리는 사랑이라는 명약을 옆에 두고도 엉뚱한 곳에서 나름의 부작용을 가진 다른 화학약품들을 찾아 헤맨 셈입니다.

꽃에 물을 주거나 아이들 머리를 한 번씩 쓰다듬어 주는 행동들. "안녕하세요."라는 인사를 건네는 정도의 작은 일들로 우리 몸에 항암제 성분이 퍼진다니. 인체란 정말 신비하기만 합니다.

한 영혼이 꽃을 피울 수 있도록 옆에서 넉넉한 마음으로 지켜보고
돌봐주는 일, 그것이야말로 소중한 사랑입니다. 이기심으로 꽃을
꺾으면 그 순간부터 시듭니다. 연인이 탐스러운 꽃이 되면 그
아름다움을 누리는 기쁨은 고스란히 자신의 것입니다. 내
것으로 만들겠다고 이를 악물거나 복종하지 않는다고 상대를 윽
박지를 때 그건 사랑이 아니라 압제가 됩니다.

# 2부

나도 누군가에겐
영혼의 촛불

# 노인과 바다

빙판이 거리를 덮은 어느 날 향긋한 커피를 대접받았습니다. 충청북도의 한 자원봉사센터가 운영하는 카페에서 10여 명의 카페지기와 만났습니다. 대부분 50대 주부로 구성된 그들은 각자 밑반찬 봉사를 하며 독거노인을 비롯한 불우이웃을 여럿씩 보살피고 있었습니다.

한 카페지기는 삼계탕을 끓여 자신이 담당하는 독거노인을 찾아갔다고 합니다. 시커멓게 오그라든 독거노인은 아무것도 먹지 못해 숨을 거둔 채 누워 있었습니다. 숨이 끊어진 지는 2~3일. 매달 한 번씩 방문했던 카페지기가 그 비극을 막을 수 없었던 것이죠. 그 독거노인의 집은 동사무소 바로 맞은편이었고 무료급식도 가능했습니다. 그러나 자존심이 유달리 강했던 노인은 무료급식 장소에 가지 않았습니다. 개인적으로 맺어진 자원봉사자의 음식만 먹었습니다. 그렇게 그는 세상을 떠났습니다.

또 다른 카페지기의 이야기입니다. 그녀가 '어머니'라 부르며 3년 간 돌봐온 독거할머니 역시 굶주림으로 탈진해 눈을 감았습니다. 할머니는 쌀이 없다는 소리도 하지 않았고 카페지기가 쌀을 갖다 주어도 먹지 않았습니다. 할머니에게는 당신 입으로 들어가는 쌀조차도 너무 아까웠기 때문입니다. 친자식이 있었지만 할머니를 돌보지 않았습니다. 각박한 삶이 너무 오래된 탓인지, 할머니는 쌀을 극히 아꼈습니다. 믿을 건 쌀밖에 없다는 강박관념. 할머니가 사람을 믿을 수 있었다면 얼마나 좋았을까요.

제가 아는 독거노인은 다릅니다. 그의 이름은 산티아고. 헤밍웨이의 소설 『노인과 바다』의 주인공입니다. 아무리 문학에 관심이 없는 사람도 『노인과 바다』의 노인이 사투 끝에 청새치를 잡아 돌아오다 그걸 상어떼에게 뜯겼다는 것쯤은 압니다. 그러나 직접 읽지 않으면 거기에 한 소년이 등장한다는 건 알지 못합니다.

소년 마놀린은 84일째 고기 한 마리 잡지 못하는 노인을 존경하고 사랑합니다. 마을 사람들 모두 노인의 운이 다했다고 꺼림칙하게 여기는데 말입니다. 피 한 방울 섞이지 않은 사이지만 소년은 다섯 살 때부터 노인과 함께 물고기를 잡은 동지였던 것이죠. 같은 배를 탄 기억은 수십 년의 나이 차가 나는 두 사람을 묶어주는 강력한 끈입니다.

혼자 바다로 고기잡이를 나선 노인은 청새치가 걸린 낚시를 사흘 밤낮으로 붙들고 있었습니다. 얼마나 힘들었을지는 생략합니다. 포기하고 싶을 때마다 노인은 소년을 생각합니다. 멀리 아바나의 불빛에 자신의 위치를 가늠하면서.

항구에 닿은 후의 이야기는 전체의 10분의 1 분량에도 미치지 못합니다. 그러나 여기가 진짜 이야기일지도 모릅니다. 다 뜯긴 청새치를 매단 배를 항구에 대고 오두막에 돌아온 노인은 죽은 듯 잠듭니다. 청새치와 상처투성이의 손이 모든 걸 말합니다. 노인의 손을 보고 소년은 울기 시작합니다. 노인이 좋아하는 커피를 가지러 가면서도 내내 울기만 하죠.

잠깐 의식을 찾은 동안 노인은 소년과 짧게 이야기를 나눕니다. 혼잣말이나 바다에 던지는 푸념보다 말할 상대가 있는 게 얼마나 즐거운지 깨닫죠. 두 사람은 함께 바다로 나갈 일을 꿈꿉니다. 소년은 진심으로 말합니다.

할아버지는 제게 모든 걸 가르쳐주실 수 있으니까 빨리 기운을 차리셔야 해요.

단 한 명이지만 말없이 울어주는 소년. 더는 설명하지 않아도 진심을 아는 사랑. 그 때문에 노인의 삶은 퇴색되지 않고 빛납니다. 노인은 곧 침상을 박차고 일어날 것입니다. 소년에게 낚시와 바다와 인생을 알려주어야 하니까요. 이제 사랑을 더 크게 굴려 되돌려주어야 하니까요.

# 이 빵 먹어라 _

🪑 　사랑의 손길은 때론 자기보다 못하다고 여기던 사람들에게
서도 옵니다. 더 가진 사람만이 사랑을 베풀 수 있다는 생각은 편견
에 불과합니다. 인간은 누구도 완전하지 않으며 각기 조금씩 다른
처지에 놓여 있을 뿐입니다.

　창업 교육가 홍순재 씨는 노점으로 창업을 시작해 서른 살이 되
기 전 성공하고 자유로에서 외제 차를 몰고 질주하던 젊은이였습니
다. 어느 날 갑작스러운 파산으로 5억 원의 빚을 지고 9개월 동안 노
숙자 생활을 할 동안 그의 머릿속에서는 오직 '죽음'이란 단어밖에
없었다고 합니다. 그 당시 그를 살린 구원자는 가진 것이 많을 때는
눈에 들어오지도 않았던 사람, 가장 밑바닥이라고 생각하던 사람이
었습니다. 월간지 「행복한 동행」에서 노숙 생활의 참담함과 삶의 반
전이 담긴 그의 이야기를 만났습니다.

　　춥고 긴 겨울날 얼어 죽지 않으려면 박스보다 따뜻한 유기견을
　　끌어안고 자는 게 좋아요. 길에서 만난 코커스패니얼과 친구가
　　되어 함께 노숙했어요. 그 녀석은 내 지독한 냄새도 좋아해 주
　　던 유일한 친구였죠. 그런데 어느 날 잠에서 깨니 늘 곁에 있던
　　개가 없는 거예요. 미친 듯이 찾아 헤매다가 어느 구석에서 제

가 해준 개 목걸이와 그을려 버려진 뼈와 털을 발견했죠. 개를 묻어주고 더는 살아갈 희망이 없다고 생각했어요. 땅바닥에 누워 물 한 모금도 마시지 않고 생이 끝나기를 기다렸지요. 며칠이 지나자 근처에서 고물을 줍던 정신 지체 장애인이 자신의 끼니인 빵과 우유를 내밀며 말했어요.

"그러다 죽어. 이 빵 먹어라."

그가 내민 우유를 한 모금 마시는데 하염없이 눈물이 흘러 더는 먹을 수 없었어요. 그는 홀로 몸도 가누지 못하는 저를 업어 리어카에 싣더니 평소 제가 자던 다리 밑으로 데려다 주더라고요. 마치 신이 그를 통해 구원의 손길을 내미는 것 같았어요.

그에게 "이 빵 먹어라."라는 지적 장애인의 한 마디가 없었다면 어떻게 됐을까요? 그가 성공 가도를 달릴 때 누렸던 짧은 영화는 그저 일장춘몽에 불과했습니다. 홍순재 씨가 재기하기까지 지적 장애인 외에도 폐지 줍는 할머니, 그를 받아준 아내 등등 수많은 은인이 곁에 있었습니다.

아파트 경비를 하며 창업을 준비하던 시절엔 창업 투자 설명회에 대신 나가준 동료에게 2만 원을 깨끗한 흰 봉투에 담아 "형님 덕분에 이렇게 발전하고 있습니다. 그 시간은 소중하게 쓰였습니다."라면서 전했는데 그 동료가 감동하고 더 적극 도왔습니다. 그는 지금도 은인 수첩을 적는다고 합니다. 수많은 은인에게 받은 도움을 갚고 싶어서랍니다.

　은인은 위대한 사람도, 부자도, 학식이 많은 사람도 아닙니다. 이
세상에서 가장 불쌍한 인간은 자기보다 못한 처지에 있는 다른 인간
에 대해 기본적인 연민도 느끼지 못하는 자라는 생각이 듭니다. 별
볼 일 없는 나도 누군가에게 은인이 될 수 있다는 사실은 삶이 우리
에게 허락한 큰 축복이 아닐는지요.

# 로망 지키기

사랑을 한순간에 흔적도 없이 쓸어버리며 모든 관계를 파괴하는 붉은색 감정, 질투. 그것에 사로잡힌 사람은 지위나 학식의 깊이에 상관없이 순간적으로 눈이 멀어 버릴 뿐 아니라 투우 소로 변합니다. 질투는 삶에서 가장 경계해야 할 무서운 감정입니다.

한 지인은 연인을 의심하기 시작했다고 합니다. 그는 설마하는 마음으로 꾹꾹 눌러 참았습니다. 연인에게 그런 마음을 갖는 자신이 싫고 부끄러웠습니다. 그러나 의심은 제어 상태를 벗어났고 모든 생각은 그쪽으로 쏠렸습니다. 마지막 퍼즐 한 조각이 꿰어 맞춰지는 순간, 그는 폭발했습니다. 모든 관계가 깨어졌습니다.

질투는 극한의 분노를 촉발시켜 이성을 완전히 마비시킵니다. 진화심리학자들이 발표한 바로는 분노는 진화의 산물입니다. 자신이 지겠다는 생각이 들면 생존 차원에서 교감신경을 자극하고 뇌의 모든 목표를 상대를 이기는 데 집중하는 현상인 겁니다. 약한 자가 자신을 방어하고 순간적으로 기지를 발휘하는 방법이라고 합니다. 그래서 나중에 돌아올 결과를 예상하지 못합니다. 다만 눈앞에 닥친 순간 자신이 이기는 쪽을 택하게 됩니다.

셰익스피어는 『오셀로』를 통해 질투라는 감정이 몰고 오는 파국을 그려냅니다. 그는 열 가지 중 아홉 가지를 가졌지만 단 한 가지의 부족함에 사로잡혀 멸망을 자초하는 어리석은 존재가 인간임을 꿰뚫어봅니다. 그것이 바로 셰익스피어의 위대함입니다.

베니스의 흑인 장군 오셀로의 아내 데스데모나가 누구입니까? 미모와 착한 마음은 물론 아내로서의 미덕까지 모두 갖춘 남자들의 로망이었습니다. 데스데모나는 셰익스피어가 창조한 모든 여자 중에서 가장 사랑스럽고 완벽한 여자라고 해도 과언이 아닙니다. 이런 로망에게 오셀로는 무슨 짓을 한 걸까요?

칼도 뚫을 수 없을 것처럼 보이는 강철 같은 남자가 한순간에 허물어집니다. 승진에서 물먹었다고 생각한 이아고의 세 치 혀가 그의 심장을 휘저어버립니다. 오셀로는 데스데모나의 모든 행동이 부관 캐시오와의 외도에 연결됐다고 단정해버립니다. 그에게 그 외에 아무것도 보이지 않고 아무 말도 들리지 않습니다.

적의 숨통을 사정없이 끊던 그의 두 손이 데스데모나의 목을 조릅니다. 아내를 죽인 직후 오셀로는 눈앞에 벌어진 일을 믿을 수 없었습니다. 여전히 사랑하는 데스데모나는 싸늘한 시신이 되어 누워 있습니다.

데스데모나에게 손수건에 대해 자세히 물어보기만 했어도……. 최소한의 검증 절차도 없이 질투에 눈이 멀어 평생 후회할 짓을 한 겁니다. 오셀로는 자신을 용서할 수 없습니다. 오이디푸스는 그런 상황에서 자신의 두 눈을 찔렀죠. 베니스의 장군은 자결을 택합니다. 검은 근육으로 전신을 두른 남자가 이렇게 약하고 어리석을 줄은 아무도 몰랐을 겁니다.

오셀로의 몰락은 남의 이야기가 아닙니다. 우리 역시 상황만 조성된다면 오셀로가 될 수 있습니다. 나를 배반하고 상처를 준 자는 누구라도 용서할 수 없다는 극도의 이기심과 동물적 본성. 그것이 질투의 본질입니다.

질투에서 벗어날 방법은 마지막 순간까지 상대를 믿는 것뿐입니다. 믿음은 분노를 다스릴 수 있습니다. 그러면 막다른 골목까지 가지 않습니다. 내 로망을 지킬 수 있습니다.

# 꽃을 바라보다 _

꽃은 봄을 몰고 옵니다. 꽃을 선물 받을 때 인생은 봄바람에 넘실거립니다. 그래서일까요? 꽃을 보기만 해도 가슴 설렙니다. 꽃은 강렬한 소유욕을 자극합니다. 사랑을 담은 마음의 상징이니까요. 조금이라도 더 내 곁에 가까이 놓고 언제라도 향기를 맡고 싶어집니다. 꽃은 생명, 아름다움, 사랑을 시각화하기 위해 이 땅에 존재하는 듯합니다.

파울로 코엘료의 소설 『브리다』에는 이런 대목이 나옵니다. 마녀가 된 브리다에게 마법사는 한 송이 꽃을 내밀면서 말합니다.

> 꽃 속에 사랑의 진정한 의미가 들어 있기 때문에 사람들은 꽃을 선물해. 꽃을 소유하는 자는 결국 그 아름다움이 시드는 것을 보게 될 거야. 하지만 들판에 핀 꽃을 바라보는 사람은 영원히 그 꽃과 함께하지……. 숲이 내게 가르쳐주었어. 당신이 절대로 내 것이 될 수 없다는 것을, 그래야 당신을 영원히 소유할 수 있다는 것을.

소유하려 할수록 사랑은 멀어집니다. 한 사람의 영혼은 타인에게 귀속되거나 흡수될 수 있는 성질이 아니니까요.

사랑은 영혼과 영혼이 만나는 일입니다. 육체와 육체를 하나로 합치는 건 잠시 잠깐의 결합에 불과합니다. 영혼을 기반으로 하지 않은 사랑은 지속될 수 없습니다. 그래서 꽃은 육체의 사랑이 언젠가 시든다는 사실을 일깨우는 모래시계인 동시에 영혼의 사랑이 성취해낼 아름다움에 대한 궁극의 메타포이지요.

한 영혼이 꽃을 피울 수 있도록 옆에서 넉넉한 마음으로 지켜보고 돌봐주는 일, 그것이야말로 소중한 사랑입니다. 이기심으로 꽃을 꺾으면 그 순간부터 시듭니다. 연인이 탐스러운 꽃이 되면 그 아름다움을 누리는 기쁨은 고스란히 자신의 것입니다. 내 것으로 만들겠다고 이를 악물거나 복종하지 않는다고 상대를 억누를 때 그건 사랑이 아니라 압제가 됩니다.

이런 원리를 깨닫지 못해 결국 사랑을 통째로 잃은 슬픈 이야기들이 얼마나 많은가요? 뮤지컬 「오페라의 유령」에서 크리스틴을 사랑했던 어둠의 지배자 팬텀, 영화 「라 스트라다」에서 젤소미나를 사랑했던 차력사 잠파노 등은 결국 마지막 순간에 절규합니다.

사랑이 더 성숙하려면 상대를 그냥 바라보는 것만으로는 부족합니다. 상대를 바라보는 쪽도 자신의 영혼을 풍성하게 가꾸어 사랑의 빛이 절로 흘러나오도록 해야 합니다. 쉽지 않은 일입니다. 그래서 사랑은 어렵기만 합니다.

꽃 속에 사랑의 진정한 의미가 들어 있기 때문에
사람들은 꽃을 선물해.

# 에포닌의 고백 _

연애 시절의 많은 순간보다 짝사랑하던 기억이 더 선명하게 남아 있습니다. 시간이 한참 지난 지금도 사랑받지 못하는 아픔과 야릇한 행복감이 교차하는 신비로운 감정. 짝사랑의 기억 때문에 부끄럽거나 가슴 아파서 죽겠다고 하는 사람은 아무도 없습니다.

때론 짝사랑이 서로 눈 맞은 사랑보다 더 빛나기도 합니다. 뮤지컬 「레미제라블」의 에포닌. 연인이 된 마리우스와 코제트를 훔쳐보는 그녀의 머리와 얼굴에선 빗물이 줄줄 흘러내립니다. 이 뮤지컬 넘버는 짝사랑으로 가슴앓이를 하는 사람들을 달래줍니다. 그녀는 거리를 걸으며 처량한 심정으로 「나 혼자서On my own」라는 노래를 부릅니다.

**나 혼자서**

그리고 이제 난 완전 혼자야
갈 곳도, 가봐야 할 사람도 없어
......
빗속에서
거리는 은처럼 빛나

모든 불빛은
강 위에서 안개에 젖어있고
어둠 속에서
나무들은 별빛으로 가득해
그리고 내게 보이는 모든 건
그와 나
……
난 그를 사랑해
그러나 밤이 끝나면
그는 사라져
강은 그냥 강일 뿐
그 없이는
내 주위 세상은 변해
나무는 벌거벗고
거리는 어디에나
낯선 사람들로 가득 차

    에포닌에게 마리우스는 삶 전부가 됩니다. 마리우스를 코제트에게서 빼앗아오고 싶은 욕망에 잠시 사로잡히기도 하지만 그의 행복을 빌기로 합니다. 에포닌은 시민군에 가담해 총에 맞을 뻔한 마리우스를 살리고 대신 죽습니다.

에포닌의 노래는 한 편의 아름다운 시입니다. 소설이나 연극 「레미제라블」에선 이토록 아픔이 절절하게 넘쳐나는 노래는 없습니다. 연극 「레미제라블」에서 악독한 여관주인 테나르디에 부부의 딸로 학대를 당하며 자란 에포닌은 마리우스를 만나자 시인이 됩니다. 마리우스의 방 책장에서 그녀가 집어든 책은 시집이었죠.

우와 이 책들 봐! 저도 읽을 줄 알아요. 어머 시집도 있었네. 당신의 호수 같은 눈동자. 정말 멋진 시예요!

'당신에게 반했어요'라는 말 대신 '당신의 호수 같은 눈동자'라고 시집을 읽는 척하며 간접적으로 마음을 전해야 하는 안타까움과 절실함. 에포닌의 짝사랑이 마리우스와 코제트의 사랑보다 더 가슴에 와 닿는 이유입니다.

에포닌의 짝사랑은 조용하고 내밀했지만 자신의 목숨을 내던질 만큼 격정적이었습니다. 그 누구도 이 소녀의 가슴에 이처럼 강렬한 불꽃이 있음을 알아채지 못했지만. 에포닌은 총에 맞아 숨을 헐떡이며 마리우스에게 한 가지 소원을 빕니다.

제가 죽거늘랑 제 이마에 키스해 주세요.

그 고백마저 수줍기만 합니다. 에포닌의 죽음을 바로 옆에서 지켜보는 사람처럼 눈물이 울컥할 것 같습니다.

에포닌의 사랑은 장발장에 대한 미리엘 주교의 사랑처럼 타인의 생명을 구합니다. 그 덕분에 살아남은 사람은 사랑의 결실을 보고 세상을 밝혀줍니다. 「레미제라블」은 짝사랑의 힘과 가치를 보여줍니다. 짝사랑해본 사람은 금방 성숙합니다. 자신뿐만 아니라 마리우스와 코제트의 입장과 마음을 헤아릴 수 있게 되니까요. 에포닌을 위로할 순 없을까요? 그녀의 짝사랑을 지켜본 어떤 분이 후기를 통해 나름의 '해법'을 제시하더군요. 좀 과격하긴 하지만요.

'이런 사랑 한 번이라도 해본 사람은 가슴이 메어진다. 그리고 마리우스를 쪼개서 반쪽을 주고 싶어지게 된다.'

# 우유부단한 사랑에 대하여 _

'우유부단'은 아무도 말릴 수 없는 성격입니다. 상대방을 편안하게 해주고 모든 일을 부드럽게 처리하는 듯합니다. 그런데 꼭 결정적 순간에 사달을 일으킵니다. 특히 이 성격이 사랑 문제로 넘어오면 아주 골치 아픕니다.

우유부단의 대명사로 햄릿이 자주 거론됩니다. 저는 햄릿을 우유부단한 인물로 보지 않습니다. 오히려 그는 완벽주의자입니다. '죽느냐 사느냐 그것이 문제로다'는 그의 고민은 판단을 하지 못하는 것과는 관계가 없습니다. 아버지의 망령을 만났을 때부터 그는 복수를 결심한 걸로 보입니다. 그는 복수 과정에 오류가 있는지 알아보기 위해 나름의 검증절차를 가집니다. 생사의 기로에 놓인 처절한 고뇌도 그에겐 하나의 검증절차일 수 있습니다. 조용하고 서두르지 않는 신중한 결단. 그것이 햄릿 스타일입니다.

그에게 문제가 있다면 지나침입니다. 연인 오필리어가 미쳐서 죽어갈 때도 햄릿은 흔들리지 않습니다. 검증절차와 자기반성이 지나치는 것도 모자라 감정을 억제하고 냉정함을 지키는 것도 지나칩니다. 그 결과가 어땠습니까? 대참사입니다.

진짜 우유부단이 무엇인지 보여주는 남자는 따로 있습니다. 베르디 오페라「라 트라비아타」의 남자 주인공 알프레도. 귀족 집안의 자

제인 그는 프랑스 상류사회의 사교장에서 눈부시게 아름다운 한 여자에게 반합니다. 이 여자는 사교계의 고급 콜걸 격인 '코르티잔' 출신의 비올레타입니다. 알프레도는 여러 남자에게 웃음을 파는 비올레타를 향해 뜨겁고 순수하게 사랑을 고백합니다. 그녀는 번민 끝에 이 남자의 사랑을 받아들입니다.

짧은 시간, 그들은 행복하기도 합니다. 그러나 전적으로 비올레타의 보이지 않는 희생에 의한 거였죠. 동거하면서 들어간 생활비는 모두 비올레타가 댔습니다. 부잣집 도련님 알프레도는 한 푼도 쓰지 않고 그녀에게 얹혀살았던 걸로 밝혀집니다. 그동안 비올레타는 재정적으로 파산 상태가 됩니다.

비올레타의 하녀가 궁핍한 사정을 고백합니다. 알프레도는 그 사실을 왜 알리지 않았느냐며 불같이 화낸 후 돈을 구해오겠다며 파리로 떠납니다. 아, 제가 「라 트라비아타」에서 가장 이해할 수 없는 대목입니다. 알프레도는 정말 그 사실을 몰랐을까요?

그 틈에 알프레도의 아버지 제르몽이 나타나 비올레타에게 아들과 헤어지라고 강요합니다. 노회한 제르몽의 설득에 굴복한 비올레타는 이별 편지를 써놓고 파리로 떠납니다. 제르몽은 아리아 「프로방스 내 고향으로」를 부르며 절망한 아들을 고향에 데려가려 합니다.

여기서 눈여겨봐야 할 부분이 있습니다. 제르몽은 아들을 철부지로 대하는 듯 보입니다. 알프레도는 아버지의 권위에 굴복해 자신의 여자를 포기합니다. 대신 여자는 돈도, 건강도, 사랑도 몽땅 잃고 죽어가죠. 그리고 뒤늦게 모든 사실을 안 그는 비올레타의 임종 순간에 나타나 '파리로 가서 행복하게 살자'며 엉엉 웁니다. 비올레타가 모든 걸 잃은 대가로 받은 선물은 그것 한 가지였습니다. 정말 이런 사랑을 원하시나요?

알프레도의 본질은 '파파보이'입니다. 평생 누군가에게 의존하면서 문제를 해결해온 도련님은 우유부단이란 맞춤복을 24시간 걸치고 있는 것입니다.

드라마나 영화에서 이런 인간은 단골 메뉴입니다. '파파보이'보단 '마마보이'가 더 많이 눈에 띕니다. 이런 남자는 사실상 고부 갈등의 주범입니다. 아들을 지배하려는 강한 엄마, 자신의 남자를 '늙은 마녀'의 마수에 빼앗기지 않으려는 새댁. 그 사이에서 남편보다는 영원한 아들로서 남아 있으려고 하는 남자. 이런 남자는 피해야 할 영순위입니다.

우유부단한 남자는 삼각관계를 만드는 데도 탁월한 재능을 보입니다. 이런 남자와 엮이면 자신도 모르는 사이에 삼각형의 한 축을 차지해 꿀꿀한 배역을 맡게 됩니다.

그런데 분명 묘한 부분이 있습니다. 우유부단한 남자가 꽤 매력적으로 보인다는 사실입니다. 양쪽 사이에서 고뇌하는 모습이 모성애를 자극하니까요. 그동안 이쪽저쪽에서 그를 당기고 있는 누 여자는 만신창이가 되고 맙니다.

외도하다 들통 난 우유부단형 남자도 때로 이런 형태를 보입니다.

처에겐 애인을 곧 정리하겠다고 약속하고, 애인에겐 결혼생활을 정리하겠다며 시간을 달라 하지만 실은 상황을 최대한 질질 끌기만 합니다. 양쪽 다 지쳐 나가떨어지면 그때야 문제가 정리됩니다. 특히 남편의 마음이 돌아오길 기다리는 처의 가슴은 숯덩이가 되고 재로 변합니다.

그래도 우유부단한 남자를 길들여서 내 것으로 만들 수 있지 않으냐고요? 착하고 온순한 남자이니까? 이런 남자는 여자에게 비극입니다. 아니 재앙입니다.

# 귀여운 여인 _

러시아 소설가 안톤 체호프는 문학 역사상 아주 난해한 여인 캐릭터와 사랑의 형태를 던졌습니다. 그녀의 이름은 단편 소설 「귀여운 여인」의 여주인공 올렌카. 굳이 야구공의 구질로 따지면 타자가 치기 어려운 변화구라고 할까요?

그녀는 평범한 지방도시의 처녀입니다. 다른 사람의 이야기를 무척 즐거운 듯이 미소 지으면서 들어주는 올렌카를 보고 어떤 남자든 그녀의 손을 잡고 싶은 충동을 느낍니다.

그녀의 집에 세든 가난한 극단주 쿠킨은 연이은 비 때문에 공연이 취소되자 절망합니다. 히스테릭하게 자조하기까지 합니다. 올렌카는 그를 동정하다 사랑하게 되죠. 그녀는 쿠킨이 극장과 배우들에 대해 말한 것을 똑같이 따라 하기까지 합니다. 불행히도 쿠킨이 단원 모집차 모스크바로 나갔다가 객사합니다.

다음으로 그녀는 목재상 푸스토발로프를 만나 행복한 가정을 꾸립니다. 체호프는 그런 그녀에 대해 이렇게 설명합니다.

**그녀는 자기가 아주 오래전부터 나무를 팔아온 것처럼 느꼈다. 마치 인생에서 가장 중요하고 또 필요한 것이 목재인 것 같았다.**

하지만 불행은 또다시 그녀를 덮칩니다. 목재상 남편은 급성 폐렴에 걸려 세상을 뜨게 됩니다. 군 소속 수의사 수미르닌은 슬픔에 잠긴 그녀를 위로합니다. 그리고 어느덧 그녀에게 이 세상에서 가장 중요한 것은 동물을 치료하는 일이 됩니다. 그녀는 항상 누구를 사랑했고 또 사랑 없이는 살 수 없는 여자였던 것이죠.

수미르닌이 그의 부대와 함께 시베리아로 떠나가자 올렌카는 크게 낙담합니다. 그녀의 얼굴에서 자르르 흐르던 윤기도 사라집니다. 의미 없는 세월을 보내고 있던 그녀에게 수미르닌이 처와 아들을 데리고 나타납니다. 하숙을 좀 시켜달라고 부탁하러 온 것이죠. 어찌 보면 수미르닌은 뻔뻔합니다. 올렌카에게 다시 합치자고 온 것이 아니니까요.

그다음 이어지는 장면은 더욱 가관입니다. 안면에 철판 깐 수미르닌과 그의 처는 올렌카를 믿고 아들을 내팽개치듯 합니다. 하지만 올렌카에게 그보다 더 큰 구원은 없습니다. 그녀는 소년을 자기 배에서 난 자식 이상으로 애지중지합니다. 그렇게 올렌카의 삶이 다시 꽃핍니다. 소년은 "너, 그냥 안 둘 거야! 꺼져! 꺼지라니까!"라고 잠꼬대를 하지만요. 아마 쉴 새 없이 퍼붓는 그녀의 사랑에 약간은 숨이 막힌 모양입니다. 여기까지가 체호프가 보여준 올렌카의 전체 모습입니다. 평범한 듯싶지만 절대로 호락호락하지 않은 이 캐릭터를 어떻게 읽어내야 할까요?

우선 올렌카의 캐릭터는 자아의식이 없어 보입니다. 조금 심하게 말하면 아무 생각도 없는 것처럼 그려집니다. 그런데 이런 모습이 현대 사회에서 자기 자신이 누구인지 인식하지 못한 채 밀려가는 대로 아무렇지도 않게 웃고 귀여운 몸짓으로 남자들의 호감을 끌어내는 여자들과 묘하게 겹쳐 보입니다. 체호프가 살았던 19세기 후반의 러시아 사교계에도, 우리가 사는 21세기 대도시에도 자신이 예쁘다고 생각해 애교만 떠는 여자들이 존재하지 않는다고 단언할 수는 없습니다.

올렌카에게 진정한 자기 행복이 있을까요? 혹시 행복하다고 착각하고 있는 건 아닐까요? 그녀는 사랑스러움과 행복할 자질이 있음에도 주어지는 상황에 맞춰 사는 수동적 여자라는 비판을 받을 수도 있습니다. 러시아 소설가 막심 고리키는 올렌카를 '온순한 노예'라고 깎아내렸습니다.

어릴 적부터 습관적으로 그런 태도가 몸에 밴 여자가 있습니다. 올렌카는 이 작품에서 자기가 원하는 바를 한 번도 이야기해본 적이 없습니다. 그녀는 귀여운 몸짓으로 남자에게 호감을 얻어내긴 했지만 진정 자신이 행복하려면 어떤 것을 가져야 하고 어떤 걸 버려야 하는지를 몰랐던 불행한 여자가 아닐까요? 이런 유형은 호감과 사랑을 착각하기 쉽습니다. 올렌카는 수미르닌에게 교묘하게 이용당해 인생을 허비한 듯한 인상도 줍니다.

하지만 올렌카는 정반대로도 해석될 수 있습니다. 어찌 보면 그녀는 많이 배우지는 못했지만 천성적으로 더불어 살고 사랑을 나누는 기쁨을 압니다. 어느 곳에 있을 때나 사람과의 관계 속에서 의미를 찾고 어떤 역할을 하려 합니다.

저는 올렌카에게 끈끈하고 무시할 수 없는 힘을 느낍니다. 삶을 만들어가는 어떤 긍정의 힘을. 그녀의 삶은 퇴락했지만 견고한 성과 같습니다. 어떤 환경이나 상황에서도 적응해 살아남을 수 있을 것 같고요. 그녀는 누구든 사랑할 수 있는 여인입니다. 많이 배우고도 정작 사랑을 느끼고 표현하는 방법을 잘 몰라 시시각각 심란한 우리보다 그녀가 삶을 더 많이 알고 있는 것은 아닐까요?

체호프는 원래 모호함을 즐기는 작가입니다. 독자에게 찜찜한 느낌을 던져놓고 흐뭇해하는 희한한 취미를 갖고 있습니다. 체호프가 본 인생이란 원래 부조리한 것이니까요. 동시대 러시아 작가인 톨스토이와 부닌은 이 작품을 높이 평가했습니다.

지금의 독자들에게 올렌카를 어떻게 이해해야 하느냐는 질문을 받는다면 체호프는 어떤 반응을 보일까요? 그는 아무 말 없이 싱긋 웃기만 할 것 같습니다.

# 열정의 기호학_

귀중한 것은 쉽게 얻어낼 수 없습니다. 일생에 하나뿐인 사랑이라면 더욱 그럴 겁니다. 결정체를 얻기까지 여러 단계의 정제 과정이 필요합니다. 결정체는 뜨거운 불길과 많은 온도 변화 속에서 불순물을 떨쳐버리고 그 찬란한 모습을 드러냅니다.

중국 최고의 바이주白酒로 이름난 술은 마오타이주茅台酒입니다. 구이저우 성貴州省 마오타이 진에서만 생산되는 마오타이주는 멀리 퍼지는 달콤한 향과 여운을 남기는 우아한 뒷맛으로 애주가들의 사랑을 받습니다.

그렇다면 마오타이주는 어떻게 최고의 술이 되었을까요? 물이나 누룩이 최고급이기 때문에? 그보다 더 중요한 게 있습니다. 증류주인 마오타이주는 누룩 제조, 발효, 증류를 할 때 온도가 다른 술에 비해 높습니다. 발효 온도가 40도까지 올라갑니다. 높은 온도에서 제조되기 때문에 유해 물질이 날아가는 효과가 있습니다. 증류만 해도 7단계를 거칩니다. 그만큼 제조자의 정성과 탁월한 기술을 요구합니다. 7단계를 거친 술을 세심하게 섞어야 비로소 1,000여 종의 향기를 담은 완성품이 됩니다.

순금은 귀중품의 대명사입니다. 순금을 얻어내는 과정도 쉽지 않습니다. 먼저 원석을 빻아 가루를 만듭니다. 채로 치면 금만 남습니다. 높은 온도로 가열한 후 얻어진 금을 롤러로 눌러 종이처럼 얇게 만듭니다. 이것을 다시 초산에 넣으면 불순물은 녹고 초산 밑에 노란 금가루만 남습니다. 그 가루를 창호지에 담아 물을 살짝 묻힌 채 손으로 누릅니다. 그걸 그대로 도가니에 넣으면 금이 녹아서 액체 형태로 방울방울 맺힙니다. 그 액체를 틀에 부어 굳히면 비로소 순금이 얻어집니다.

남녀 간의 사랑도 수많은 '온도 변화'의 과정에 놓입니다. 혼자서 씩씩하게 잘 지내던 사람이 단 한 사람 때문에 사랑의 광기에 사로잡힙니다. 반대로 언제까지나 영원할 듯한 사랑이 어느 한순간 싸늘하게 식어버리기도 합니다.

사랑에 빠져드는 과정을 좀 더 세분해서 볼 수는 없을까요? 의미의 작용을 연구하는 기호학자 중 일부는 사랑에 빠져 들어갈 때의 온도 변화를 '정념passion의 기호학'이란 틀로 연구했습니다. 정념, 즉 열정에 사로잡힐 땐 형성화, 정치화, 정념화, 정동화, 도덕화의 5단계를 거친다는 것입니다. 기호학자인 그레마스의 제자 퐁타뉴가 정립한 이 틀을 '정념 도식'이라 하는데 우리는 여기서 '열정의 기호학'이라 바꾸어 부르도록 하겠습니다. 국내 기호학자 홍정표 씨가 스탕달의 소설 『적과 흑』에 적용한 텍스트 분석을 소개합니다.

지금 마틸드가 진심으로 두려워하는 것은 줄리앙이 자기를 불만스럽게 생각하고 있지나 않을까 하는 불안이었다. (A1)

마틸드의 눈에는 줄리앙이 조금도 자기를 사랑하지 않는 것 같기도 했다. 이런 무서운 의혹이 여기까지 깊어지자, 마틸드의 마음속에는 여인의 자존심이 고개를 들었다.…(중략)… 줄리앙은 한시 오 분이 되자 마틸드의 방의 창가에다 사다리를 걸쳐 놓고 천천히 올라갔다.…(중략)… 마틸드는 이상하게도 괴로웠던 것이다. (A2)

"당신요? 당신은 저쪽 방문으로 나가시면 되잖아요?" 마틸드는 줄리앙의 로맨틱한 생각이 기뻐서 이렇게 말했다. '아아, 정말 이 사람이야말로 내가 진심으로 사랑할 만한 청년이 아닌가!' 마틸드는 생각했다. (A3)

줄리앙의 얘기를 듣고 있던 마틸드는 그의 의기양양한 꼴에 비위가 상했다. "벌써 내 주인이나 된 것처럼 구네!" 마틸드는 이렇게 생각하며, 벌써 뉘우침에 가슴이 찢어지는 듯했다. 마틸드의 이성으로는 방금 자기가 저지른 분별없는 행동에 몸서리가 날 지경이었다. 할 수만 있다면 자기 자신과 줄리앙을 한꺼번에 소멸시켜 버리기라도 하고 싶었다. (A4)

이따금 순간적으로 의지력이 뉘우침을 억누르더라도, 고통스러운 수치심과 소심한 마음으로써 마틸드는 몹시 괴로웠다. 이런 무서운 상태에 부딪히리라고는 전혀 예상하지 못했다. (A5)

5단계 감정 변화는 이렇습니다. 형성화(A1)는 사랑에 빠지는 사람이 불안을 겪는 단계, 장치화(A2)는 의심을 겪는 단계, 정념화(A3)는 안정되는 단계, 정동화(A4)는 주변 사람이 행위자의 감정을 행동으로도 알 수 있는 단계, 도덕화(A5)는 윤리적이거나 미적 평가를 경험하는 단계를 뜻합니다.

귀족의 딸 마틸드는 비천한 출신의 청년 줄리앙에게 격정적으로 빠져듭니다. 몸과 마음을 모두 그에게 내어줍니다. 그러나 도덕화의 단계에 접어들었을 때 신분 격차를 의식하고 괴로워합니다. 그 단계를 넘을 때 그녀의 애증은 한층 더 격해집니다.

온몸을 불태울 듯한 뜨거운 열기에 휩싸이고 불안, 의심, 타인의 시선 같은 온갖 감정의 찌꺼기를 날려버린 후에야 사랑은 온전한 결정체가 됩니다. 에쿠니 가오리와 츠지 히토나리가 함께 써내려 간 소설 『냉정과 열정 사이』는 사랑을 지키기 위해 열정뿐만 아니라 냉정도 필요하다고 말하고 있습니다. 하지만 저는 더 뜨겁게 가기 위해 차갑게 식히는 과정도 필요하다는 뜻으로 받아들입니다.

불순물을 걸러내고 얻은 사랑은 더욱 특별한 운명으로 느껴지게 됩니다. 연애할 땐 온몸을 불태울 만큼 뜨거운 사랑을 할 필요가 있습니다. 그게 연애의 적정 온도입니다. 그때 그 시절로 돌아가 볼 수 있다면 얼마나 좋을까요. 그 열정의 특권이 부러울 뿐입니다.

# 사색하는 여자 _

남편의 연인이 된 젊은 여자와 한 집에 앉아 매일 식사를 해야 한다면 어떻게 하시겠습니까? 당장 남편을 쫓아내든지 먼저 집을 나가버려야 할까요? 그게 그렇게 간단한 문제는 아닙니다. 사랑의 형태란 규정할 수 없는 거니까요.

러시아 문학계에 체호프 소설 「귀여운 여인」의 올렌카에 필적하는 논란의 여주인공이 한 명 더 있습니다. 나보코프 소설 『롤리타』의 롤리타가 아니냐고요? 제가 소개하는 인물은 러시아 사실주의 전통을 잇는 여류 소설가 류드밀라 울리츠카야의 『소네치카』에 등장하는 여주인공 소네치카입니다.

소네치카는 예쁜 외모를 갖지 못한 대신 어린 시절부터 독서로 내면을 채운 맑은 영혼의 소유자입니다. 오빠는 현실보다는 문학 작품의 주인공들에 더 익숙한 소네치카를 놀려대기 바쁩니다.

끝도 없이 책만 읽는 소네치카, 의자 꼴 엉덩이에 코주부가 됐다네.

수줍은 성격의 그녀는 학창 시절 한 남학생을 짝사랑했다가 그 학생으로부터 야멸차게 놀림을 받습니다. 이 작품으로 많은 해외 문학상을 수상한 울리츠카야는 그 남학생을 푸시킨의 『예브게니 오네긴』에서 따찌아나의 구애를 조롱하는 젊은 시절의 오네긴에 비유합니다. 그 뒤로 소네치카는 남자를 사랑하지 못하고 도서관 사서로 일하며 책 속에만 빠져 살았습니다.

그녀에게 운명의 남자가 나타납니다. 나이 많고 자유분방한 화가 로베르트 빅토로비치입니다. 그는 도서관에서 책을 빌리러 왔다가 서가 사이에 숨어 있던 소네치카라는 진주를 발견합니다.

빅토로비치의 청혼을 받아들인 지 보름 만에 결혼한 소네치카는 주부가 된 후 독서를 벗어나 현실로 나옵니다. 수입이 일정치 않은 남편을 대신해 틈틈이 돈벌이하며 가사를 돌봅니다. 둘 사이에 따냐도 태어납니다. 나름 고생스럽지만 소네치카에겐 행복한 시기가 계속됩니다.

세월은 훌쩍 건너뛰고 딸 따냐는 학교에서 야샤란 친구를 집에 데려옵니다. 하얀 피부의 폴란드 출신 소녀 야샤는 누구에게나 보호본능을 일으키는 인물입니다. 부모도 없이 떠도는 야샤를 소네치카는 친딸처럼 여기고 자신의 집에서 살게 합니다.

그동안 화가로 자리 잡은 빅토로비치는 자연스럽게 야샤와 육체적 관계를 맺고 그녀를 닮은 초상화 연작을 그리기 시작합니다. 소네치카는 우연히 화실에서 그림들을 보고 모든 걸 알아챕니다. 그녀는 행복한 시절이 끝났음을 압니다.

소네치카는 남편에게 행복과 에너지를 주는 야샤의 존재를 받아들입니다. 야샤도 소네치카에게 상처 주는 행동 따위는 하지 않고요. 오랜 시간 함께 지낸 세 사람은 가족이 되고 만 겁니다.

빅토로비치는 야샤와 관계를 하던 중 사망합니다. 소네치카와 야샤는 자신들이 함께 소유하던 남자의 죽음을 앞에 두고 얼싸안고 웁니다. 세상에서 가장 슬픈 순간, 두 사람은 서로 의지합니다. 야샤를 그린 연작으로 빅토로비치는 사후 세계적 작가로 떠오릅니다. 소네치카와 야샤는 그 후로도 함께 살지요. 야샤는 젊고 부자인 프랑스 남자와 결혼해 새로운 삶을 삽니다.

노파가 된 소네치카에게도 새로운 삶이 펼쳐집니다. 그녀는 결혼 전 삶으로 돌아갑니다. 그녀를 매료시키던 문학의 세계 속으로 말입니다. 이 작품의 마지막은 이렇게 맺어집니다.

봄이 되면 그녀는 보스트랴코보 묘지에 가서 남편의 무덤에 뿌리를 내리지 못해 매년 다시 심어야 하는 하얀 꽃을 또 심는다. 저녁이 되면 그녀는 배를 닮은 코에 가벼운 스위스제 안경을 걸치고 달콤한 심연, 어두운 가로수 길, 봄의 물속(이반 부닌과 뚜르게네프의 작품 속 배경)으로 곤두박질치듯 뛰어든다.

작가는 아주 담담하게 소네치카의 일생을 바라봅니다. 저는 한국을 방문한 울리츠카야의 바로 왼쪽 옆자리에서 식사하는 행운을 가진 적이 있습니다. 인간의 사소한 감정과 인간이 무엇인가를 고민한 작가이기에 톨스토이를 가장 존경한다는 그녀는 이렇게 말합니다.

"이 세상에서 가장 중요한 건 인간입니다. 인간 이외의 모든 학문은 이차적인 겁니다. 저는 한 개인이 가진 영혼의 문제에 집중합니다."

이 작품에선 삶 자체를 그대로 받아들이는 소네치카의 모습을 볼 수 있습니다. 결혼 전 그녀는 책으로 들어가 남의 삶을 보며 조용히 기쁨을 누렸습니다. 책 밖의 세상에선 엄마, 아내로 사는 삶을 감당하며 행복을 찾았습니다. 그녀는 홀로 남겨졌을 때 다시 사색의 세계로 빠져듭니다. 사랑, 행복, 고통, 이별……. 그녀만큼 이 문제들을 그토록 조용하고 사색적으로 온몸으로 던져 묻고 있는 여자는 없을 것 같습니다.

# 미라보 다리 _

사랑을 노래한 이 세상 최고의 시는 무엇일까요? 시인들은 어떻게 생각하는지 궁금했습니다. 제가 칼럼을 연재하는 시 계간지 「포엠포엠」의 한창옥 발행인은 '생각하고 있는 시가 있다'고 했습니다. 시를 담은 파일이 도착했을 때 기욤 아폴리네르가 쓴 시 「미라보 다리」라는 다섯 글자의 고딕 제목이 먼저 눈에 들어왔습니다.

미라보 다리 아래 세느강이 흐르고
우리들 사랑도 흘러내린다
내 마음속 깊이 기억해야하는가
기쁨은 언제나 고통 뒤에 오는 것을

밤이여 오라, 종아 울려라
세월은 흐르고 나는 남는다
손에 손을 맞잡고 얼굴을 마주보자
우리들 팔 아래 다리 밑으로
영원의 눈길을 한 지친 물결이
흐르는 동안

밤이여 오라, 종아 울려라
세월은 흐르고 나는 남는다

사랑은 흘러간다 흐르는 강물처럼
우리들 사랑도 흘러내린다
인생은 얼마나 더디고
희망은 얼마나 격렬한가

밤이여 오라, 종아 울려라,
세월은 흐르고 나는 남는다

나날은 흘러가고 달도 흐르고
지나간 세월도 흘러만 간다
우리들 사랑은 오지 않는데
미라보 다리 아래 세느강은 흐른다
밤이여 오라, 종아 울려라
세월은 흐르고 나는 남는다

시 애호가들이 줄줄 외우는 바로 그 작품. 프랑스 시인 기욤 아폴리네르가 몽마르트르의 화가이자 연인 마리 로랑생과의 이별을 예감하며 쓴 시, 그들이 손을 맞잡고 지나다녔던 미라보 다리. 왜 추천인은 이 작품을 사랑 시의 백미로 꼽았을까요? 그녀는 웃으며 말했습니다.

"시란 코끼리 다리 만지는 것과 같아서 보는 사람마다 다른 거예요."

이 시를 보며 저는 '사랑하기에 헤어진다'는 말을 떠올렸습니다. 이 세상에 이처럼 모순적으로 들리는 말이 있을까요? 엘리자베스 테일러는 영화 「클레오파트라」에서 안토니우스 역으로 함께 출연한 리처드 버튼과 두 번 결혼하고 헤어지며 이 말을 남겼습니다. 1969년 국내 최고의 영화배우 커플 최무룡과 김지미 역시 이 말로 결별을 알렸습니다.

아폴리네르와 로랑생의 삶을 떠올려봅니다. 흘러간 강물과 시간은 두 번 다시 돌아오지 않습니다. 시인의 사랑도 강물과 시간의 흐름에 몸을 섞으며 쿨렁쿨렁 떠내려갑니다. 시인은 이별을 피하려고 발버둥치지 않습니다.

담담해 보이는 수면 아래로 온갖 감정이 뒤섞여 흐릅니다. 도리어 이 시는 시인이 얼마나 격정적으로 사랑했는지 그리고 그 사랑이 여전히 지속되는지 보여줍니다. 오죽하면 시인은 망부석처럼 미라보 다리가 되어 떠내려가는 사랑에서 시선을 놓지 않으려 할까요. 그 사랑은 미라보 다리에서 멀어져 갈 뿐 소멸하지 않습니다. 로랑생과 함께 한 시간은 떠올리기도 싫어 쓰레기 매립지 깊이 파묻어버리고 싶은 악연이 아닙니다. 죽을 때까지 자신의 핏줄기 어딘가를 떠돌 추억이 될 것이며 자신은 영원히 미라보 다리가 된 채 그 자리에서 로랑생을 기다리며 후회할 것임을 아폴리네르는 직감합니다.

바닷가에서 튜브를 나란히 타고 있다가 잠시 잠들어 있었는데 눈을 뜨고 보니 한 명은 백사장에 있고, 다른 한 명은 백사장이 가물가물한 먼바다에 떠 있게 된 상황을 상상해봅니다. 인생의 크고 작은 물결이 두 사람을 차츰 갈라놓은 탓입니다. 어찌어찌 하다 보니 헤어져 있는 자신들의 모습을 되돌아보는 아폴리네르와 로랑생은 어떤 기분이었을까요?

시간이 흐른 후 천성적으로 열정적 사랑을 갈구한 아폴리네르와 로랑생은 각자 새로운 사랑을 찾아 나섰지만 숨을 거둘 때에야 서로가 오직 하나인 운명의 사랑이었다는 것을 압니다. 로랑생은 자신이 죽으면 하얀 드레스를 입혀주고 한 손에는 장미, 다른 한 손에는 아폴리네르의 시집을 놓아달라고 유언했습니다. 하얀 드레스는 결혼의 상징입니다. 저 세상에서 아폴리네르의 신부가 되고 싶다는 뜻이었습니다.

인생 최고의 시는 바로 내가 사랑하는 그 사람입니다. 내 인생은 그 시를 만나기 위해 여기까지 달려온 것인지도 모릅니다. 그 시를 하루도 빠짐없이 당신 입술로 암송해주세요.

# 사랑은 미안하다고 말하지 않는 거예요

오래전 영화의 명대사를 모은 책을 쓴 적이 있습니다. 많은 사람의 사랑을 받은 명대사를 정리하다 보니 사랑에 관한 명대사가 주를 이루었습니다. 그중에서도 제 마음을 사로잡고 지금까지도 남아 있는 명대사는 영화 「러브 스토리」에 나오는 말입니다.

사랑은 미안하다고 말하지 않는 거예요 Love means never having to say you're sorry.

하버드 법대생인 올리버와 레드클리프 음대생 제니의 사랑은 보는 이를 행복하게 했다가 눈물짓게 합니다. 저도 억지로 눈물을 참아가면서 마지막 장면을 보았는데요. 안타까움을 못 이겨 한마디 했습니다. "제기랄!"

양쪽 집안 어른들의 반대를 무릅쓴 결혼생활은 순탄하지 못했습니다. 시아버지의 환갑잔치에 참여하는 문제로 올리버는 제니에게 상처를 주고 맙니다. 제니는 흐느끼며 뛰쳐나갑니다. 후회 속에서 그녀를 찾아 밤거리를 헤맨 올리버는 차가운 현관 앞에서 떨고 있는 제니를 발견합니다. 그때 제니가 미안해하는 올리버에게 말합니다.

사랑은 미안하다고 말하지 않는 거예요.

너무 유명한 이 대사가 멋있어서 줄줄 외고 다녔습니다. 하지만 그때 그 뜻을 피부로 느끼진 못했습니다. 그저 멋있는 대사라고만 생각해 그 속에 담긴 복합적인 뉘앙스까지 따지고 들기 어려웠던 겁니다.

단순하면서도 깊이가 있는 명대사입니다. 드라마 「피아노」에서는 사랑에 대해 이렇게 말합니다.

사랑이 뭔지 아나? 가슴에 생살을 찢어서 그 안에 그 사람을 집어넣는 기라. 그리고 평생 그 사람을 가슴에 담고 사는 기라. 얼마나 쓰리고 시리겠나 말이다.

격정적이고 자극적인 사랑의 정의입니다. 이런 사랑을 두 번만 하면 자아분열이 일어날 것 같습니다. 좀 부담스럽기도 하고요.

제니가 현관에서 떨면서 말한 이 명대사는 두 가지로 풀어볼 수 있습니다. 첫째, 상대방에게 미안하다고 말할 행동을 하지 말라는 겁니다. 제니는 발랄하지만 스스로 얼마나 예민하고 상처받기 쉬운 존재인지 잘 알고 있습니다. 그래서 자신의 마음을 아프게 하지 말아 달라고 호소합니다.

둘째, 상대방이 아무리 상처를 줘도 다 껴안아 주겠다는 포용입니다. 그냥 사랑하니까요. 제니는 자신의 상처를 들여다보기 전에 올리버가 얼마나 미안해하고 있을지 먼저 헤아립니다.

뜨겁게 사랑하는 연인이라도 서로에게 상처주는 일을 피하지 못합니다. 때로는 농담으로, 때로는 무심코 던진 말 한마디와 행동 하나가 예상치도 못한 반응을 일으켜 수습이 필요한 상황까지 치닫기도 합니다. 남자는 여자에게 상처받는 말은 다음과 같습니다.

"사랑한다면서 그것도 못 해줘?"

"남자가 왜 그렇게 속이 좁아?"

"내가 왜 화난 줄 알기나 하는 거야?"

"오빠가 하는 게 그렇지. 처음부터 기대도 안 했어."

여자는 남자에게 다음과 같은 말로 스트레스를 받습니다.

"살 좀 빼라."

"여자가 왜 그러냐?"

"그게 말이 되느냐?"

"우리 헤어지자."

연인이라면 진실한 사랑의 감정과 포용이 미안하단 말보다도 앞서야 할 것 같습니다. 팝그룹 시카고의 「미안하다는 말을 하기가 어려워요Hard to say I'm sorry」는 이렇게 노래합니다. '지금 날 안아주세요. 미안하다는 말을 하기가 어려워요.'

전 아직도 "사랑은 미안하다고 말하지 않는 거예요."라는 명대사에 대해 완벽한 해석을 해내지 못했다고 생각합니다. 이 명대사야말로 그것을 쥔 사람이 뜨겁게 사랑하고 경험하고 성숙해진 만큼만 그 속에 감추어진 보물을 선사하니까요.

# 나쁜 남자, 나쁜 여자 _

세상엔 '나쁜 남자'와 '나쁜 여자'라고 불리는 족속이 있습니다. 그들은 누구일까요? 동물 용어로 '멋진 수컷'이나 '예쁜 암컷'으로 고쳐보면 이해가 빠릅니다. 저는 피카소와 사랑한 네 여자가 그가 죽은 뒤 차례로 등장해 모놀로그 형식으로 그를 회상하는 연극 「피카소의 연인들」을 보았습니다. 그리고 나쁜 남자, 나쁜 여자의 정체를 알게 됐습니다. 파블로 피카소는 '나쁜 남자'의 전형이라고 할 수 있습니다.

피카소는 화폭을 채울 새로운 에너지가 필요할 때마다 여자를 바꾸었던 걸로 알려져 있습니다. 세간에 공개된 일곱 여자 중 네 명이 이 연극에 등장합니다. 네 여자는 피카소의 '과거'에도 불구하고 다양한 형태로 그를 사랑했다는 공통점이 있습니다. 연극에 등장한 순서대로 제가 당시 여자들의 특징을 적어놓은 기록을 여기에 옮겨봅니다.

### 첫째, 재클린 로크

마지막까지 피카소와 함께한 여자. 자기 안의 자아를 없애고 피카소를 신으로 주인으로 받아들임. 피카소의 모든 욕구를 받아주고 그에게 필요한 것을 모두 해줌. 피카소 사후 권총 자살.

### 둘째, 프랑소와즈 질로

자유분방한 여자. 화가 지망생. 그녀가 다른 화가와 결혼하자 피카소는 그들 부부가 활동하지 못하도록 막아버림. 화가와 이혼하고 피카소와 결합하려 했음. 하지만 피카소는 재클린과 결혼. 피카소의 '영향력'에서 얼마간이라도 벗어남.

### 셋째, 마리-떼라즈 발터

천진무구한 여자. 원래 체조선수로 열일곱 살에 피카소의 연인이 됨. 화가 피카소가 아니라 인간 피카소를 사랑함. 딸 마야를 낳음. 화가의 권력에는 아무 관심이 없음. 피카소 사후 3년 만에 목매어 자살.

### 넷째, 올가 코클로바

러시아 보병 대장의 딸로 발레리나 출신. 피카소는 그녀를 신경질적 여자로 비추도록 유도. 생활비를 주지 않아 비참한 상태로 만듦. 그녀의 아들 파울로를 운전기사로 삼아 더욱 비참하게 함. 연극 마지막에서 올가는 피카소를 향해 "쓰레기!"라고 외치며 퇴장.

인류가 낳은 위대한 화가라고 칭송받는 피카소는 자신의 여자들에게 멋지고 착한 남자가 아니었습니다. 심지어 올가에겐 '쓰레기'라는 비난까지 받았죠. 하지만 불세출의 우성인자를 타고난 피카소의 영향력은 너무도 대단해서 그와 잠시라도 살았던 여자들은 죽을 때까지 그에게서 제대로 벗어나지 못했습니다.

피카소가 1932년 그린 「창가에 앉은 여인」의 주인공인 마리-떼레즈 발터도 그의 매력에 푹 빠졌던 여자였습니다. 피카소가 대규모 회고전에서 마리-떼레즈의 존재를 공개한 그림으로 알려진 「창가에 앉은 여인」은 2013년 2월 영국 런던 소더비 경매에서 2천 860만 파운드(약 486억 원)에 낙찰됐습니다.

마리-떼레즈는 1927년 파리 한 갤러리에서 쇼핑하다가 피카소를 우연히 만났다고 합니다. 피카소가 그녀에게 내뱉은 첫 마디는 다음과 같습니다.

"흥미로운 얼굴을 가지고 계시군요. 당신의 초상화를 정말 한번 그려보고 싶소. 나는 피카소요."

그녀는 피카소가 미술가인지, 유부남인지 관심도 두지 않고 그와 사랑에 빠졌습니다. 당시 피카소는 올가와 결혼한 상태로 수년간 마리-떼레즈와 비밀스런 교제를 했습니다.

제가 피카소를 아주 제대로 본 건 프랑스 사진작가 앙리 까르띠에 브레송의 전시에서였습니다. 클로즈업된 사진 속 피카소는 거실에서 상반신은 벗고 바지를 막 입고 있었습니다. 건강미가 넘치는 그가 "당신을 그리고 싶습니다."라고 윙크하면 대부분 여자들은 거절하지 못 할 것 같습니다. 피카소에겐 이성을 매혹하는 강력한 무기가 있었던 겁니다.

대단한 우성 유전자의 조작으로 빚어진 사람은 나쁜 남자, 나쁜 여자가 되는 이기적 운명을 타고나는 편입니다. 우성 인간이 평생 한 사람에게 자신의 사랑을 묶어둔다는 건 어렵습니다. 아무래도 그로선 사랑의 선택이 쉽고 기회가 많기 때문이겠죠. 그런 족속을 '나쁜'이란 형용사 하나로 규정하는 것도 무리가 있어 보입니다.

모든 건 자신의 판단과 선택입니다. 우성 인간을 독점하는 건 매력적이지만 무척 어렵습니다. 우성 인간을 '나만의 남자, 여자'를 만들려면 대단한 각오를 해야 하는 겁니다. 아니면 해탈을 하든지요.

인간의 감정은 반도체보다 훨씬 미세합니다.
춥고 배고플 때 사랑하는 사람과 나누어 먹은 콩알 한쪽에도
포만을 느끼는 존재가 인간이니까요.

# 왕관을 쓴 머리 _

   "왕관을 쓴 머리는 쉼이 없다."

셰익스피어가 한 말입니다. 왕관을 쓴 머리는 가장 높은 위치에 있는 사람을 뜻합니다. 왕관을 쓴 머리 아래 있는 모든 사람은 상대적으로 낮아집니다. 자신이 특별한 존재라고 생각할 때 다른 사람을 무시하는 마음이 깃듭니다.

무시는 분노만큼 외적으로 표출되지 않지만 내적으로 관계를 끊어놓고 갈라진 상처에 소금까지 뿌립니다. 저는 무시가 분노보다 더 무섭다고 생각합니다. 분노는 사랑이나 애정이 뒤틀려 일어나지만 무시는 사랑이나 애정이 아예 떠나간 상태이기 때문입니다. 굶을지 언정 무시당하고는 살 수 없는 존재가 사람입니다.

그리스 로마 신화에 등장하는 니오베는 왕관을 쓴 머리의 전형입니다. 리디아의 왕 탄탈로스와 디오네의 딸인 그녀는 테베의 암피온과 결혼해 각각 6명의 아들과 딸을 낳았습니다. 참으로 축복받은 인생이었죠. 12명의 아들딸만 바라보고 있으면 온 세상이 자기 것 같았습니다.

교만해진 니오베는 테베에서 열린 여신 레토의 출산 축하잔치 때 레토의 두 자녀 아폴론과 아르테미스가 자기 자식들보다 훨씬 못하다면서 레토를 모욕했습니다. 그런데 레토가 누구입니까? 물론 헤라에게 온갖 괴롭힘을 당한 비운의 여신이기는 합니다. 하지만 남편 제우스와 함께 엄청난 힘을 자랑하는 아들딸 아폴론과 아르테미스가 두 눈을 시퍼렇게 뜨고 있는 최고위급의 여신입니다. 같은 여신도 아닌 일개 인간이 왕의 딸이라는 신분을 밑천 삼아 여신을 조롱하다니요!

무시당한 레토는 자식들에게 복수를 부탁했습니다. 아폴론과 아르테미스가 화살을 날릴 때마다 니오베의 열두 자녀는 하나씩 싸늘한 시신으로 변했습니다. 정신을 차린 니오베가 후회했지만 때는 늦었습니다. 니오베는 식사도 하지 않고 슬퍼하다가 죽었습니다.

이 신화는 그리스, 로마 사람들이 후세에게 주는 경고와 같습니다. 인간이 교만해지고 주변 사람을 무시하면 참혹한 결과를 당할 수 있다는 겁니다. 무시당해 복수하는 자 역시 전혀 상대방의 사정을 봐주지 않죠. 열두 자녀가 한꺼번에 몰살당하다니 얼마나 무시무시합니까. 동정이나 연민이 조금도 개입되지 않기 때문입니다.

『제인 에어』와 『폭풍의 언덕』을 쓴 샬럿, 에밀리 브론테 자매는 인간을 무시하는 일이 얼마나 무서운 것인가를 잘 알고 있던 것 같습니다. 실제로 어린 시절 엄마가 죽은 후 비인간적인 사설 교육기관에 보내진 브론테 일가의 네 자매 중 큰 언니와 작은 언니는 세상을 떠나고 말았습니다. 그 덕에 샬럿과 에밀리는 집으로 돌아올 수 있었지만 말이죠.

『제인 에어』에서 어린 제인 에어가 무시당하며 사는 모습은 끔찍

합니다. 외삼촌이 사망한 후 리드 가의 더부살이 격으로 전락합니다. 그런데 제인 에어와 그들이 함께 행복하게 사는 건 어려웠습니다. 제인 에어는 못된 숙모와 사촌들의 폭력에 휘둘립니다. 그녀는 사촌 형제 리드의 구타에 항의하다가 독방에 갇히곤 합니다. 그 집은 제인 에어에게 교도소인 셈입니다. 리드 부인은 차가운 목소리로 제인 에어의 죄명을 읊습니다.

불평 없고 행복한 어린애들에게게만 마련된 특권에서 사실상 너를 따돌리지 않을 수 없다

『폭풍의 언덕』의 고아 소년 히스클리프는 외딴 저택 워더링 하이츠에 들어온 후 언쇼의 아들 힌들리에게 시시각각 구박을 당합니다. 아버지의 사랑이 히스클리프에게 가는 것 같은 불안감을 느낀 힌들리는 고함을 칩니다.
"야! 어디든지 꺼져버려! 보기도 싫다, 강아지 같은 새끼야!"
히스클리프는 훗날 부자가 되어 힌들리에게 복수하고 맙니다. 제인 에어를 무시한 리드, 히스클리프를 무시한 힌들리는 두 자매의 원고에서 파멸하는 인생으로 그려집니다.
부부가 이혼하는 까닭도 상당 부분 무시와 관련돼 있습니다. 처가의 무시, 시댁 식구의 무시, 경제적 무능력에 대한 무시, 외국인 며느리에 대한 무시…… 어쩌면 모든 이혼이 상대에 대한 무시 때문이

라고 해도 과언이 아닐지도 모릅니다. 사랑과 애정의 온기가 조금도 남아 있지 않고 시시때때로 찬바람만 부는 텅 빈 자리. 무시가 반복되는 장소에서 함께 살 수 있는 사람은 아무도 없습니다. 소외감은 인간이 가장 두려워하는 감정입니다. 인간의 감정은 반도체보다 훨씬 미세합니다. 춥고 배고플 때 사랑하는 사람과 나누어 먹은 콩알 한쪽에도 포만을 느끼는 존재가 인간이니까요.

사랑의 본질은 내가 아닌 대상과 하나가 되는 것입니다. 사랑하
연인도 하나가 됩니다. 그러나 인간이 하는 사랑이 영원
지속되기는 어렵습니다. 사랑이란 감정은 시간에 따라서
까요. 자연과는 하나가 될 수 있습니다. 강박증에 걸린
인들에겐 때로 자신을 비우고 무로 만드는 시간이
니다. 피톤치드를 내뿜는 숲 속에선 내가 사라지는 경험을
습니다.

3부

구석진 마음에
햇빛 쏟아지는 날

# _시라노의 코

코가 큰 남자를 보면 검객 시라노가 떠오릅니다. 에드몽 로스탕이 쓴 연극 「시라노 드 베르주라크」을 본 사람은 그런 연상작용에서 벗어날 수 없을 겁니다.

시라노는 당대 최고의 검객이며 시인이고 사나이 중의 사나이입니다. 그런데 여자 앞에만 가면 숙맥이 됩니다. 남보다 훨씬 큰 코가 콤플렉스입니다. 시라노는 사랑 앞에선 당당하지 못합니다. 그가 사랑하는 사람은 사촌 동생인 록산느입니다. 시라노는 그녀가 연모하는 크리스티앙을 대신해 편지를 쓰는 일을 자청합니다. 전쟁터에 나가선 매일 목숨을 걸고 자신이 크리스티앙 이름으로 쓴 편지를 록산느에게 전달하는 짓을 합니다. 이런 괴상한 행동은 콤플렉스와 사랑이 뒤섞인 결과물입니다.

크리스티앙은 전쟁터에서 죽고 록산느는 수도원으로 들어갑니다. 그로부터 15년이 지난 어느 날 시라노와 록산느는 재회합니다. 시라노는 록산느의 팔에 안겨 그 편지들을 쓴 사람이 자신이며 그녀를 사랑했노라고 고백하고 죽습니다. 록산느는 사실 시라노가 쓴 편지에 반해 사랑했던 건데요.

이보다 더 큰 비극이 있을까요? 사랑한다는 한마디를 하기 위해 15년 이상을 주저한 남자를 동정해야 할까요, 바보 같다고 해야 할까요. 시라노의 콤플렉스는 자신과 록산느 모두를 불행에 빠트리고 맙니다.

그에 비하면 전차남은 행복합니다. 영화 「전차남」의 주인공은 '오타쿠'라 불리는 어눌하기만 한 남자죠. 우리나라에선 '루저'라고 불릴 법한 남자죠. 그런데 이런 남자가 퀸카를 얻게 됩니다.

전철에서 치한에게 봉변을 당한 미녀를 구해줘 인연을 맺은 남자는 사랑의 열병에 빠집니다. 견디다 못한 그는 '전차남'이란 아이디로 자신의 고민을 인터넷 게시판에 올리고 네티즌의 도움을 구합니다. 네티즌은 어떻게 데이트해야 하는지 일일이 조언하고 격려합니다. 세상과 소통하지 못하다가 사랑 때문에 마음을 연 남자는 인생역전에 성공합니다. 콤플렉스가 도리어 사랑의 메신저가 된 셈이죠.

한 야생동물 수의사가 쓴 글을 읽었습니다. 경기도의 작은 동물원에 사는 못난 황새가 극적으로 사랑을 얻은 이야기였습니다. 짝없이 지내는 외톨이 황새가 한 마리 있었습니다. 이 황새는 부리 끝이 뭉툭했습니다. 부리 위쪽 끝이 무언가에 걸려 부러져 먹는 데 불편을 겪었습니다. 수의사가 아래까지 같은 길이로 부리를 잘라주었던 것이죠. 황새의 트레이드마크인 긴 부리가 없으니 녀석은 미꾸라지 한마리를 먹으려 해도 여러 번 잡아채야 했습니다.

이 황새가 다른 황새 부부가 낳은 젊은 황새와 짝을 맺은 것입니다. 안타깝게 외톨이 황새를 지켜본 수의사는 환호성을 질렀죠. 그런데 전혀 뜻밖의 모습을 발견했습니다. 외톨이 황새가 둥지에서 알을

품고 있던 것입니다. 황새는 대부분 암컷이 알을 품습니다. 수의사
는 그때까지 이 외톨이 황새가 수컷이라고만 생각하고 있었다고 합
니다. 외톨이 황새는 노처녀였던 것이죠. 부리가 잘린 노처녀가 싱싱
한 젊은 수컷과 짝을 맺다니 동물원으로선 경사였습니다. 지성이면
감천이라고 합니다. 건강을 회복한 외톨이 황새가 상대편을 적극 쫓
아다닌 끝에 짝을 구한 겁니다. 황새는 한 번 짝을 맺으면 백년해로
한답니다.

황새의 러브 스토리를 보면 '이 세상 어딘가에 나의 사랑은 있다'
는 희망을 품게 됩니다. 콤플렉스 때문에 사랑을 포기하는 일은 황
새들도 하지 않습니다.

# 따찌아나와 오네긴 _

교육학을 전공하는 한 유학생이 미국에서 유학 생활을 했습니다. 그의 딸은 조그만 금붕어를 어항 속에서 길렀습니다. 금붕어가 제법 몸집이 커져 더는 집에서 기를 수 없게 되자 그의 가족은 강가에 금붕어를 풀어주기로 했습니다. 이상한 건 시간이 지나도 금붕어가 그 자리를 떠나지 않는다는 점이었습니다.

그 유학생은 금붕어의 행태를 계속 관찰했습니다. 그가 내린 결론은 금붕어가 어린 시절부터 좁은 테두리 안에서 자라다 보니 커서도 멀리 나가지 못한다는 것이었습니다. 그 유학생은 금붕어의 행태를 연구해 박사학위를 받고 우리나라에 돌아와 명문대 교수가 됐습니다. '말은 태어나면 제주도로 보내고 사람은 서울로 보내라'라는 속담에 딱 들어맞는 이야기입니다.

똑같은 사람이라도 테두리 안에만 있던 것과 테두리 밖을 아는 것은 다릅니다. 따라서 테두리 안에 있을 때와 테두리 밖을 알 때의 사랑은 전혀 다른 인생을 불러옵니다. 푸시킨의 소설 『예브게니 오네긴』의 여주인공 따찌아나가 그런 인물입니다.

소설에 처음 등장했을 때 따찌아나는 들판을 덮은 하얀 첫눈 같은 순수한 시골 처녀였습니다. 오네긴이라는 쓸쓸하고 고독한 매력을 풍기는 지식인을 만난 그녀의 가슴 속엔 낭만과 사랑에 대한 설

렘이 속삭입니다. 그녀는 용기를 내 오네긴에게 사랑의 편지를 보냅니다. 하지만 그는 인생 선배로서 그녀를 위하는 척하며 그 사랑을 냉정하게 거부합니다.

시간이 지나고 따찌아나는 모스크바의 유력한 장군과 결혼해 귀부인이 되어 사교계에 나타납니다. 오네긴은 사교계의 이목을 한몸에 집중시키는 따찌아나의 사랑을 쟁취하고 싶어 하죠. 상황은 완전히 역전됩니다.

그녀는 오네긴의 구애를 받았을 때 마음을 드러내면서도 각자 정해진 운명을 환기하며 거절합니다. 겉으론 도도함과 품위를 지키면서도 속으론 여전히 순수함을 간직한 여자. 분별력이 없었다면 철없이 가정을 내팽개치고 오네긴과 함께 야반도주했겠지요. 소설 속 여자 주인공이지만 따찌아나는 러시아 국민에게 성숙한 사랑의 대명사로 불리며 가장 사랑받는 인물로 손꼽힙니다.

따찌아나의 분별력은 사색을 좋아하는 그녀가 시골을 떠나 모스크바로 옮긴 데서 비롯됩니다. 따찌아나는 모스크바의 새로운 환경과 인물과 접하면서 자신을 돌아보았을 것입니다. 오네긴이란 인물에 대해 끌리는 마음을 부정하지 않았습니다. 하지만 여전히 방황할 뿐 성숙하지 못한 그의 본질을 간파한 겁니다.

끊임없이 사색하고 자신을 스스로 가둔 테두리에서 벗어날 수 있어야 성숙한 사랑을 할 수 있습니다. 진짜 사랑을 하려면 멈춰 있으면 안 됩니다.

끊임없이 사색하고 자신을 스스로 가둔 테두리에서
벗어날 수 있어야 성숙한 사랑을 할 수 있습니다.
진짜 사랑을 하려면 멈춰 있으면 안 됩니다.

# 결혼하지 않아도 괜찮을까

20대 후반, 30대 초반의 여자 직장인에게 가장 궁금한 질문입니다. 나이는 한 살 한 살 먹어가는 데 남자친구나 마땅한 결혼상대도 없는 답답한 현실. 누구도 정확한 인생의 답을 줄 순 없습니다. 각자의 사정이 다르니까요. 한 가지, 여기서도 역시 가장 중요한 기준은 사랑입니다.

일본 만화가 마스다 미리의 『결혼하지 않아도 괜찮을까』는 이런 고민을 하는 두 여주인공의 인생을 엿볼 수 있게 해줍니다. 간단한 그림체로 편하면서도 솔직한 느낌을 전해 큰 인기를 얻었죠. 이 만화는 30대 후반의 카페 점장 수짱과 40대를 맞이하는 대기업 경리부 직원 사와코를 번갈아 보여줍니다. 수짱과 사와코는 열심히 일하다가 남자친구도 없이 청춘을 보낸 공통점을 갖고 있습니다. 특히 13년 동안이나 섹스를 하지 못한 사와코는 사랑을 절실하게 원합니다.

수짱은 독거노인이 되는 자신의 미래가 불안하기만 합니다. 노후 적금과 양로원 비용 모으기를 의식하다 보니 현실에서 할 수 있는 게 별로 없는 자신을 발견합니다. 직장은 언제까지 다닐 수 있을지 모르고요. 그녀는 유언장 쓰는 법을 가르쳐주는 책을 사러 서점에도 갑니다. 그녀가 오랜 고민 끝에 얻은 결론. 지금을 즐기자!

치매 할머니, 어머니와 함께 사는 사와코는 두 어른이 세상을 떠난 뒤 홀로 남은 자신의 모습을 상상합니다. 직장에서도 밥을 함께 먹으러 가는 동료는 단짝 료코 하나뿐입니다. 료코가 직장을 떠나면 밥도 혼자 먹으러 가야 할까봐 걱정합니다.

사랑하는 남자를 만나 결혼하면 사와코의 고민은 상당 부분 해결될 겁니다. 그녀는 소개받아 만난 남자가 꽤 마음에 듭니다. 하지만 그는 사와코에게 임신 가능 진단서를 떼어오라고 합니다. 자신의 정자가 건강하다는 진단서를 떼는 것은 몹시 불쾌해하면서 말이죠. 결국 사와코는 결혼하려던 마음을 접습니다. 수짱과 사와코는 잘한 걸까요, 실수한 걸까요?

대한민국 20대 후반에서 30대에 이르는 여자 직장인들도 수짱과 사와코의 처지를 닮아갑니다. 특히 청년 실업률이 높아지다 보니 이제 웬만한 기반을 가진 배우자를 만나지 않으면 평생 불행해질 수도 있다는 불안감이 생기기도 합니다. 그런 강박감에 빠져서 연애를 아예 못하는 예도 있고요.

더 극단적으로 가면 상대가 돈만 있으면 사랑 없이 약간의 호감만으로도 결혼할 수 있다는 결론이 나옵니다. 실제로 그런 선택을 하기도 합니다. 예전처럼 중매가 대세인 시대라면 사랑 없이 결혼한 후서로 사랑을 키워갈 수 있습니다. 지금은 남자도 여자도 대부분 자신이 상대를 직접 선택합니다.

결혼 후 그 조건이 충족되지 않았을 땐 불행이 채권자처럼 침실을, 식탁을, 거실을 지배합니다. 두 사람뿐만 아니라 주변까지 모두 불행의 늪에 밀어 넣습니다.

그런 가정의 모습을 톨스토이의 소설 『안나 까레니나』에서 봅니다. 『안나 까레니나』의 그 유명한 첫 문장은 이렇게 시작합니다.

행복한 가정은 모두 서로 고만고만하다. 하지만 무릇 불행한 가정은 그 불행의 모양이 나름 나름이다.

남부러워할 것 없이 보이는 귀부인 안나의 남편은 러시아 페테르부르크의 유명한 고위 공직자 까레닌입니다. 이 남자는 냉소적이고 대단히 이성적이어서 따뜻한 사랑을 원하는 안나의 마음을 채워주지 못합니다. 아들 세료자의 존재는 모성을 채워주지만 여자로서 사랑받고 싶은 안나의 갈망과는 다른 차원에 있습니다. 안나는 자신을 진정으로 사랑하는 청년 장교 브론스키와 사랑에 빠지고 맙니다.

톨스토이는 안나나 브론스키처럼 선량한 사람도 불륜의 길에 발을 들여놓으면 파멸한다는 도덕적 주제를 강조하기 위해 이 작품을 썼습니다. 저는 톨스토이와는 정반대로 『안나 까레니나』를 읽었습니다. 안나는 사랑 없이 형식적인 결혼생활을 지속할 수 없었습니다. 그 가식이 온몸을 옭아매는 갑갑한 현실을 견딜 수 없었던 겁니다.

다시 수짱과 사와코의 이야기로 돌아가 봅니다. 수짱과 사와코는 암담한 현실과 불안감에 떠밀려 남자에게 자신을 맡기는 행동을 하지 않았습니다. 그들은 진짜 사랑이 아니었기에 혼자 사는 편을 택했습니다. 저는 그들이 사랑이나 결혼을 포기했다고 생각하지 않습니다. 그들은 지금 당장 결혼을 미루고 언젠가 진짜 사랑이 찾아오기를 기다리기로 선택한 것이 아닐까요? 수짱 그리고 사와코. 사랑을 향해 계속 고, 고, 고!

언젠가 진짜 사랑이 찾아올 거예요.

# 나르시시즘 _

제가 상하이박물관에서 가장 큰 충격을 받은 작품은 불상들이었습니다. 제작 시기와 형태의 다름은 물론이고 한족과 여러 이민족이 각기 방식으로 만든 불상 수백 점을 모은 전시실은 인간이 무엇인가를 생각하도록 했습니다.

전시실 입구에 딱 들어서자마자 만난 금나라의 '보살목조상'은 건장한 사내의 얼굴과 체격을 한 채 가부좌를 했습니다. 머리에 화려한 장식을 한 채 눈을 내리깔고 있는 12세기 이 보살은 앉은키가 130센티미터입니다. 어깨에 가사를 걸쳤지만 가슴과 배의 근육이 갈색 피부와 함께 완전히 드러납니다. 여진족의 얼굴을 반영한 이 불상은 미소 대신 카리스마를 전합니다.

부처의 십대 제자 중 한 명인 가섭의 머리를 나무로 깎은 당나라의 '가섭목조두상'은 몸 없이 머리만 약 80센티미터 크기입니다. 이 거대한 머리는 나무껍질이 벗겨지고 변색이 일어나고 균열이 가 있어 더욱 기이한 느낌이 듭니다. 잘 생긴 두상과 큼직한 이목구비가 빚어내는 가섭의 표정은 보는 이의 기분에 따라 다르게 읽힙니다.

죄를 진 자라면 그의 표정에서 부서움과 싸늘한 냉소를 느낄 섯이고, 가슴이 아픈 자라면 그 큰 눈과 볼에서 흐르는 눈물 자국을 찾을 수 있을 것입니다. 물리적으로 고정돼 있으나 감정적으로 다르게 읽힐 수 있는 목조상의 얼굴이야말로 예술의 본질에 가까이 있는 것 아니겠느냐는 생각을 했습니다.

171센티미터 높이의 돌에 1,000개의 부처를 새겨 넣은 북주의 '천불 비석'은 부처의 마음을 짐작하게 합니다. 북주는 6세기 남북조 시대 선비족이 세운 국가입니다. 하나하나 돌 안쪽으로 파 들어가 부처를 앉혀놓은 이 석비를 보며 소원을 비는 사람은 1,000명의 부처로부터 응원을 받는 듯한 위안을 얻었을 것입니다. 석비의 앞뒤는 물론 양옆까지 부처가 앉아 있어 어느 쪽에 앉아도 부처를 마주할 수 있습니다.

화장대에 올려놓거나 손 위에 들어 있을 수 있는 수많은 청동, 금 불상들 역시 각각 다른 표정입니다. 그것을 주문하고 제작하고 간직했던 사람들의 얼굴이 곧 부처의 얼굴 아니었을까요.

인간은 자신을 불쌍히 여기면서도 사랑합니다. 심리학 용어로 자기애를 가리키는 '나르시시즘'을 어느 정도 갖지 않은 인간은 아무도 없습니다. 10대, 20대 여자들은 셀카에서 꽃보다 아름다움을 찾아내고 감탄합니다.

천주교와 기독교가 제시한 신의 모습은 인간의 형상입니다. 성모 마리아와 십자가에 달린 예수는 같은 시대를 사는 평범한 인간들의 한 단면입니다. 성상 숭배를 금기시하는 기독교는 십자가만 걸어놓지만 그 십자가를 바라보는 사람들은 거기에 달린 고통 받는 예수를 상상합니다. 성모 마리아와 예수는 죄를 지은 나의 모습이기도 하고 나를 용서해주는 또 다른 내 모습이기도 합니다.

종교적인 관점이 아니라도 우리 주변에 이런 사례를 찾아볼 수 있습니다. 주위를 둘러보면 생각보다 캐릭터 인형을 모으는 사람이 꽤 많습니다. 한 미대 교수는 애니메이션 주인공 심슨의 인형을 자신과 동일시하며 위안을 얻는다고 합니다. 그는 어릴 적부터 평범하지 않았던 외모 탓에 가슴앓이를 했기에 우스꽝스러운 외모에도 불과하고 인기를 얻고 있는 심슨에게 공감합니다. 마음이 착잡할 때마다 책상에서 꺼내 보는 심슨 인형은 자신을 비춰주는 거울이었던 셈이죠.

초월적인 신이나 손바닥 안에 들어가는 작은 캐릭터 인형부터 여자아이들이 가지고 노는 드레스 인형까지 다양한 인간의 얼굴을 하고 있습니다. 인간은 그것들을 보며 자신을 사랑하고 위안을 얻습니다. 톰 행크스가 주연한 영화 「캐스트 어웨이」에서 무인도에 고립된 주인공은 바다에서 둥둥 떠내려온 배구공에 사람 얼굴과 물결치는 듯한 머리카락을 그리고 '윌슨'이라고 이름 붙입니다. 윌슨은 배구공에 불과할 뿐이지만 인간의 얼굴을 가지면서 주인공에겐 살아 있는 친구가 됩니다. 아마도 윌슨은 주인공 자신의 모습이 아니었을까요? 주인공의 나르시시즘은 그에게 생명을 불어넣는 원동력이었습니다.

영화 「캐스트 어웨이」의 주인공은 자신을 위로하는 방법을 터득해 무인도 생활을 극복합니다. 외부에서 고난이 폭풍처럼 몰아칠 때 내면이 붕괴되면 어떻게 견딜 수 있을까요? 자신을 위로하는 방법을 찾아가는 것이 인생에서 절대적으로 필요합니다.

외로울 땐 나르시시즘에 빠지는 것이 인간의 본성인 듯합니다. 가장 강한 치유력이 샘솟으니까요. 가끔 네모난 라면 봉지에 눈, 코, 입을 그려서 스펀지 밥 캐릭터를 만들거나 선인장에 빨간 모자와 안경을 씌워보는 건 어떨까요? 나를 대신해 미소 짓는 다른 존재의 얼굴을 바라보는 것은 외로움을 견디는 나름 괜찮은 방법입니다.

# 인디언 곁에 누워 _

🪑  살짝 비탈진 너른 풀밭과 듬성듬성한 천막. 그 주변에 모인 인디언들. 오른쪽 뒤론 푸른 숲이 우거진 산이 보입니다. 왼쪽 뒤론 더 멀리 자리한 눈 덮인 설산의 능선이 풀밭과 수평을 이룹니다. 캘리포니아 날씨치곤 살짝 구름이 끼어 있지만 풀밭을 환히 밝혀주는 데는 지장이 없습니다. 오른쪽 구석에 살짝 먹구름이 걸려 있습니다. 그림 하단 천막과 인디언들은 그 먹구름 그늘 안으로 들어가기 일보 직전입니다. 그러나 인디언 중 아무도 동요하지 않습니다. 아이를 등에 업고 서 있는 엄마도 평화롭기만 합니다.

예술의 전당 미국 인상주의전에 진열됐던 유채화 「수 족의 인디언 캠프Sioux Indian Camp」의 풍경입니다. 그 옆에 같은 작가가 인디언을 그린 또 다른 그림이 걸려 있었습니다. 「요세미티 계곡에서의 인디언 집회」란 제목의 그림은 거대한 나무들이 만들어내는 그늘 곳곳에서 인디언들이 집회를 벌이고 있는 모습을 담았습니다.

이 그림에선 나무가 압권입니다. 그림 하단에 수평선을 이루는 풀밭 좌우로 나란히 선 다섯 그루의 나무들은 걸출합니다. 굵고 키가 큰 북미의 수종입니다. 나무의 거대함과 반대로 그 밑에 둘러앉은 인디언들의 존재는 미미하게 보입니다.

제가 전시장에서 인디언 그림을 주목한 이유가 있습니다. 땅과 숲에 붙어 있는 인디언들의 모습이 너무 자연스러워 보였기 때문입니다. 인디언들은 잠시 그 땅을 빌려서 쉬고 있는 듯합니다. 그들 주변에선 땅의 소유를 상징하는 깃발이나 말뚝이나 경계석 같은 것은 전혀 찾아볼 수 없습니다. 그림은 인디언들의 존재가 지워지더라도 하나도 어색할 것이 없도록 구성돼 있습니다. 적어도 저에게는 그리스 로마 신화의 피리 부는 목동신 '판'을 그린 목가적 이상의 그림보다 훨씬 편안하게 다가왔습니다.

인디언 그림을 그린 화가 랜섬 홀드릿지는 인디언의 모습을 있는 그대로 보여주려 했습니다. 그는 로키산맥, 미국 남서부, 북서부, 서부 캐나다를 여행하며 다양한 인디언 종족들과 오랜 기간 같이 생활했습니다.

인간은 예나 지금이나 자연 일부입니다. 머리가 좀 커졌다고 자연의 지배자인 양 까불지만 아무리 잘나도 흙으로 돌아가는 일을 피할 수는 없습니다. 인간은 여전히 자연 일부일 때 가장 인간다울 수 있습니다.

사랑의 본질은 내가 아닌 대상과 하나가 되는 것입니다. 사랑하는 연인도 하나가 됩니다. 그러나 인간이 하는 사랑이 영원히 지속되기는 어렵습니다. 사랑이란 감정은 시간에 따라서 바뀌니까요.

자연과는 하나가 될 수 있습니다. 에고가 너무 강해 강박증에 걸린 현대인들에겐 때로 자신을 비우고 무無로 만드는 시간이 소중합니다. 피톤치드를 내뿜는 숲 속에선 내가 사라지는 경험을 할 수 있습니다. 내가 사라지면 그 빈자리에 편안함이 깃듭니다. 숲 속에선 자연과 내가 서로 얼마나 사랑하는지 느낄 수 있습니다. 그곳에선 나무와 풀 하나하나가 인간과 대등한 존재입니다. 이제 나무를 힘껏 안아볼까요? 이건 나무와 하나가 되는 행위입니다.

일찍이 노자와 장자는 무로 돌아가라, 자연에 귀의하라고 설파했습니다. 그들은 인간이 에고를 지우고 자연에 귀속될 때 진정한 자유를 얻을 수 있음을 알았습니다. 절대자와의 관계도 마찬가지입니다. 절대자 앞에선 어떤 인간도 에고를 지우고 본체에 붙은 가지가 되어 평안함을 얻습니다.

인디언 그림을 보면서 그 속으로 들어가 보고 싶었습니다. 그림 속 인디언들은 허물없이 지내던 오래된 이웃 혹은 친구 같습니다. 이미 제가 그들을 오래전부터 알고 사랑하는 것 같은 익숙함을 어떻게 설명할 수 있을까요? 그들은 자연과 하나이기 때문에 제가 끼어드는 걸 막지 않을 것 같습니다. 천막 주변이나 나무 아래 도란도란 모인 인디언 곁에 한쪽 팔로 편하게 머리를 받치고 누워 그들의 이야기를 듣고 싶습니다. 눈을 들면 저 너머로 하얀 설산 봉우리가 빛나고 있겠지요? 그러고 있노라면 그들이 미소 지으며 입에 물고 있던 담배를 가져다줄 것만 같습니다.

# _ 기도, 사랑의 주문

🪜 말이 없는 부족부터 고대문명, 불교, 기독교, 이슬람교, 힌두교 등에 이르기까지 놀라운 공통점이 있습니다. 그들의 기도가 종교, 국가, 민족을 초월해 대부분 비슷하다는 점입니다. 절실하게 갈구하는 마음은 누구나 같습니다. 그 기도가 나를 위해서가 아니라 남을 향하면 사랑의 주문으로 작용합니다.

눈 수술을 앞두고 젊은 사람이든 노인이든 똑같이 불안해합니다. 세상에서 빛을 잃는다는 것만큼 두려운 일은 없기 때문입니다. 한 지인은 20대 초반의 남동생이 받은 라식 수술에 보호자로 따라갔습니다. 수술 직후 약간 어두운 병원 복도에서 남동생의 손을 잡아주었는데 바르르 떨림이 오는 걸 느꼈다고 합니다.

수술 직전 환자들은 극도로 긴장합니다. 긴장이 커질수록 의식은 점점 더 또렷해져서 기계 돌아가는 소리나 사소한 조명에도 자극을 받습니다. 눈 수술 전날 밤 한잠도 못 자서 눈이 벌겋게 충혈된 환자도 적지 않습니다. 의사가 "움직이지 마세요. 시작합니다."라고 딱딱하게 말하면 환자의 경직도는 최고조에 이릅니다.

압구정동 아이러브안과의 박영순 원장 이야길 해보겠습니다. 그는 환자들의 불안을 잘 압니다. 수술에 들어가면 안약을 떨어트려 눈을 마취합니다. 눈 수술은 의사의 손이 1밀리미터만 잘못 움직여도

동공이 터질 수도 있는 정밀한 분야입니다. 그는 환자의 손을 꼭 잡고 기도합니다. 환자에게 최선의 수술이 되게 해달라고. 그리고 "편안히 계시면 됩니다."라고 부드럽게 말해줍니다.

환자는 편한 마음가짐으로 수술을 받습니다. 박 원장은 '수술은 신속, 정확'이라는 모토로 노안처럼 어려운 수술도 10분 만에 끝냅니다. 만족도를 조사하면 의외의 결과가 나옵니다. '가장 좋았던 게 뭐냐'는 질문에 대부분의 환자는 '수술 전 의사가 해준 기도'를 꼽습니다. 극도로 불안한 상태에서 의사가 해준 짧은 기도가 환자들에겐 치료비, 기술, 다른 혜택보다 훨씬 중요했던 겁니다. 의사가 환자에게 해주는 기도는 최선의 결과를 끌어내는 원동력이 되기도 합니다.

2012년 현대아산병원에서 일어난 실화입니다. 홍콩에서 사역하던 한 선교사가 갑자기 시력을 잃었습니다. 현지 병원에선 병이 심각하다고 판정을 했습니다. 선교사는 귀국하자마자 구급차를 타고 현대아산병원으로 후송됐습니다. 병원 측은 혈액암 때문에 눈 안의 실핏줄이 다 터져 시력을 회복할 수 없다는 진단을 내놓았습니다. 여러 번에 걸친 항암 치료를 받았지만 절망적인 진단의 연속이었습니다.

그는 병원에 새벽기도회가 있다는 소식을 들었습니다. 눈이 안 보이지만 메모장에 설교를 메모했습니다. 병실로 돌아오면 어렵사리 메모장을 읽어내면서 노트북에 메모를 옮겨 더듬더듬 타자했습니다. 상이 맺히지도 않고 뿌옇기만 한 눈으로 그런 작업을 온종일 하는 건 사람이 할 일이 아닌 것 같았습니다. 그래도 그는 자기가 메모한 설교를 자비로 복사해 출입이 폐쇄된 병동의 환자와 보호자들에게 나눠주었습니다. 자신보다 더 상태가 안 좋은 환자들을 위한 일종의 기도였습니다. 새벽기도에선 그들을 위해 기도했습니다.

그런데 믿기 어려운 일이 벌어졌습니다. 반년 가량 그 일을 하던 중 기적적으로 시력이 돌아온 겁니다. 현대아산병원 측은 '있을 수 없는 일이 일어났다'고 놀라움을 감추지 못했습니다. 지금 그 선교사는 홍콩으로 돌아가 더 열심히 기도를 전한다고 합니다.

일본 인류학자 나카자와 신이치는 저서 『사랑과 경제의 로고스』에서 한 사람이 타인에게 줄 수 있는 최고의 선물을 '증여'라고 정의했습니다. 고대로부터 아무 대가 없이 주는 것, 돈으로 바꿀 수 없는 것, 가치를 따질 수 없는 것을 전달하기 위해 선물이란 형태가 발달하게 됐다고 합니다. 인간은 인격으로부터 완전히 분리되지 않은 중간적 대상의 역할을 하는 선물을 통해 상대방에게 사랑과 신뢰를 전달하길 기대했습니다. 주고받기의 계산이 밑바닥에 깔린 '교환'보다 훨씬 인간적이라고 주장합니다.

> 네가 사랑을 하게 되더라도 그에 화답하는 사랑을 불러일으키지 못한다면, 다시 말해서 너의 사랑이 사랑으로서 그에 화답하는 사랑을 탄생시키지 못한다면 그 사랑은 무력하고 불행할 수밖에 없다.

나카자와 교수는 더불어 마르크스의 글을 소개합니다. 나보다 다른 사람을 사랑하면서 오히려 자신이 사랑받는 인간이 된다는 것. 마르크스가 생각한 사랑의 본질은 바로 증여로서의 사랑입니다.

아무리 과학이 발달해도 과학으로 설명할 수 없는 일들은 많습니다. 남을 위한 기도는 우리가 상상하지 못할 엄청난 작용을 일으킵니다. 대가 없는 기도는 타인에게 줄 수 있는 최고의 선물이며 그 수혜자 역시 바로 기도하는 자신이란 사실을 깨닫게 됩니다.

기도가 나를 위해서가 아니라
남을 향하면 사랑의 주문으로 작용합니다.

# 식욕을 자극하는 사람들 _

오랜 세월이 지나도 변하지 않는 추억이 있습니다. 음식과 그것을 함께 나눈 공간과 사람들입니다. 어린 시절 어머니와 아버지 손을 잡고 함께 다니던 단골 식당은 잊을 수 없는 장소입니다. 돌아가신 부모님께서 애용했던 식탁과 의자가 비어 있는 걸 보면 금방이라도 부모님께서 돌아와 그 자리에 앉으실 것만 같습니다.

어떨 땐 온갖 산해진미보다도 배고플 때 먹은 짜장면 한 그릇이 더 기억에 남습니다. 정진권 수필 「짜장면」의 한 대목입니다.

짜장면은 좀 침침한 작은 중국집에서 먹어야 맛이 난다. 그 방은 퍽 좁아야 하고, 될 수 있는 대로 깨끗지 못해야 하고, 칸막이에는 콩알만 한 구멍이 몇 개 뚫려 있어야 어울린다.

요리사 박찬일은 삶의 의욕을 느끼고 싶으면 중국집에 간다고 합니다.

점심시간이 조금 지난, 오후 한두 시가 좋겠다. 외근 나온 영업사원이나 환경미화원이나 막노동자 같은, 혼자서 식사를 해야 하는 사람들이 그 시간에 중국집에 깃든다……. 곱빼기…….

입가에 소스를 묻히며 후루룩 소리도 요란하게 한 다발의 짜장
면을 넘기는 장면……. 나는 거기서 생명의 힘을 느낀다.


우리는 식당에서 타인이 음식을 먹는 모습에 식욕을 자극받으며
그 공간의 분위기까지도 맛봅니다. 일본 작가 야베 야로의 만화 『심
야식당』은 한 단골식당을 사랑하는 낯선 도시인들이 커뮤니티를 형
성하고 사랑을 나누는 모습을 그립니다.

만화 속 심야식당은 일본 도쿄 뒷골목에 자리해 자정부터 아침
7시까지 영업하는 아주 작은 식당입니다. 영업시간이 아주 특이하
죠? 무슨 사연인지 왼쪽 눈에 칼자국이 난 주인은 몇 가지 기본 메
뉴를 제외하고 손님이 주문하는 대로 만들어줍니다. 예를 들면 도시
락 반찬인 빨간 비엔나소시지나 계란말이 같은 겁니다.

사실 이 식당은 음식보다 그곳을 찾는 사람들이 더 예술입니다.
눈치채셨겠지만 특이한 영업시간 탓에 주로 심야에 일하는 사람들
이 단골입니다. 조직폭력배, 게이바 사장, 스트리퍼, 재수생, 삼류 가
수, 밤늦게 퇴근하는 회사원, 클럽 마담, 챔피언이 되지 못한 복서,
맛집을 찾아다니는 외국인 등이 모여듭니다.

한국 같으면 같은 공간에 앉아서 밥 같이 먹기도 부담스러운 사람
들이죠. 그런데 심야식당에선 아무도 차별받지 않고 동등합니다. 주
인이 말없이 내놓는 음식을 두고 각자의 사연을 나눕니다. 빨간 비
엔나소시지만 주문하는 조직폭력배와 계란말이만 주문하는 게이바

사장이 서로 음식을 바꿔먹습니다. 다른 곳에서 만났다면 갑을 관계로만 대했을 사람들이 희한하게 통하는 모습이 독자의 얼굴에 미소를 만들어냅니다. 우연히 즉석 연인도 많이 탄생합니다. 단골들끼리 눈 맞는 겁니다.

이 작품의 유명한 에피소드인 '소스 야키소바' 편에선 왕년의 여자 아이돌이 야키소바를 주문합니다. 어린 시절 빚만 남기고 집을 나간 아버지를 만나지 못한 쓰라린 과거가 있는 여자죠. 야키소바는 아버지가 여자에게 어린 시절 만들어준 특식이었습니다. 걸인이 된 아버지는 정체를 밝히지 않은 채 주인에게 달걀부침을 얹은 야키소바에 파래김을 뿌려주면 여자가 좋아할 거라고 알려줍니다. 딸은 파래김이 뿌려진 야키소바를 받아들고 눈물을 흘립니다. 딸은 아버지를 미워하지 않았습니다. 늘 그리워했던 것이죠.

저는 심야식당이 부담 없어 보여 좋습니다. 때로는 공동체에서 압박을 받곤 하죠. 목적을 가진 친목단체나 동호회에 마음이 내키지 않아도 억지로 꾸역꾸역 나가게 됩니다. 안 나가면 눈치가 보인다는 이유지요. 내가 원하는 때 가서 우연히 만나고 가끔 마주치는 얼굴들과 맛있는 음식 먹으며 이런저런 이야기 하는 것이 좋지 않나요? 그날의 우연이야말로 필연이니까요.

# 묵자, 그대가 그립다

사랑으로 가득 차고 모든 사람이 행복한 세상이 되면 얼마나 좋겠습니까마는 현실은 정반대에 가깝습니다. 하버드대 진화심리학자 스티븐 핑거의 연구에 따르면 선사시대 인간은 타살로 죽을 확률이 15퍼센트나 됐다고 합니다. 100명 중 15명이 타살됐다는 자료는 폭력이 얼마나 만연했는지 알려줍니다. 알고 보면 인류 역사에서 폭력이 줄어든 것도 불과 수십 년에 불과합니다.

인류가 '만인에 대한 투쟁'에서 평화 공존으로 전환하기까진 많은 사람의 보이지 않는 노력이 있었습니다. 예수보다도 수백 년 전 이미 만인에 대한 사랑을 부르짖었던 중국 춘추전국시대의 사상가를 소개하고자 합니다. 묵가의 창시자인 노나라 사람 묵자(기원전 476~390)입니다.

공자와 맹자 사이에 태어나 활동한 이 독특한 사상가인 묵자는 괴짜라고 할 만합니다. 입으로만 사랑과 평화를 떠든 게 아니라 그것을 구현하기 위해 직접 전장을 휘젓고 다녔으니까요. '더불어 사랑하라'며 겸애설兼愛說을 외친 묵가는 강국이 약소국을 공격하면 불의라 여기고 약소국의 성을 방어하는데 부지런히 가담했습니다. 그의 방어 전술은 더불어 사랑하고 살아가는 세상을 만드는 데 사용됐습니다. 사랑을 외치면서 전장을 누빈 그는 이상주의자였지만 평화를 지키려면 힘이 필요하다고 생각한 현실주의자이기도 했습니다.

묵자는 의義와 리利 사이에서 리, 즉 이익을 중시했습니다. 권력자들은 백성이 먹고살고 이익을 누릴 수 있도록 힘을 써야 한다는 생각이 그의 철학 밑바탕에 있었습니다. 그는 의, 즉 명분을 너무 중시하다 보면 백성을 위태롭게 할 수 있음을 알았습니다. 조선 시대에 선조와 그 신하들은 왜적이 코앞에 쳐들어오는 데도 명분 싸움을 하다가 백성을 도탄에 빠뜨리고 말았습니다. 그리고 백성을 버리고 도망가기까지 했습니다. 백성을 사랑하지 않으면 그들의 이익에도 관심을 두지 않는 법입니다. 그래서 묵자는 이렇게 주장했습니다.

**리가 의요, 의가 애愛다.**

묵가의 겸애는 '원수까지 사랑하라'는 예수와는 다소 차이가 납니다. 묵가는 집을 약탈하러 온 도둑을 죽이는 건 살인이 아니라고 보았습니다. 그의 사고는 일종의 무장평화론이었던 셈입니다. 전 타임머신을 탈 수 있다면 묵자를 가장 먼저 만날 겁니다.

묵자는 당시 지배층에겐 인기가 없었지만 20세기 들어 마오쩌둥 같은 사회주의자에 의해 재조명됐습니다. 현대의 이름 없는 많은 사회, 환경, 인권 운동가들도 알게 모르게 묵자의 뒤를 이어가고 있는 셈입니다.

경제 전쟁으로 바뀐 지금 시대엔 새로운 영웅들이 만민에 대한 사랑을 외치고 실천하고 있습니다. 부와 지위, 명예가 있는 사람이 앞장서 세상에 사랑을 구현하는 것만큼 효과적인 일이 없으니까요.

마이크로소프트의 공동창업자이자 세계 최고 부호 중 하나인 빌 게이츠는 650억 달러(약 69조 1,299억 원)에 이르는 자신의 재산을 타인의 생명을 살리는 데 쓰겠다고 했습니다.

다른 사람들을 위해 더 많은 일을 하고 싶으며 그것이 나에게 성공을 안겨준 세상에 보답하는 길이다. 나에게 돈은 일정 수준을 넘어서면 아무런 효용이 없다. 돈의 효용은 세계의 극빈층을 위한 조직을 만들고 재원을 모으는 데 있다.

게이츠는 '물을 사용하지 않는 화장실 발명전'에 수백만 달러를 투자하기도 했습니다. 전 세계 인구의 40퍼센트에 달하는 25억 명이 위생적인 화장실을 쓰지 못하는 상황입니다. 제대로 처리하지 못한 배설물이 물과 음식을 오염시켜 매년 5세 이하 어린이 150만 명이 죽어 갑니다. 이런 현실을 바꿔보려는 시도였지요.

폭력이 만연한 지구가 왜 망하지 않을까요? 저는 공자의 유교가 지배하던 시대에도 사랑을 최고의 가치로 두는 묵자 같은 괴짜가 하나씩 툭툭 튀어나왔기 때문이라 생각합니다. 그런 괴짜들의 가르침이 세상을 구하리란 제 믿음엔 흔들림이 없습니다.

사랑으로 가득 차고 모든 사람이
행복한 세상이 되면 얼마나 좋겠습니까……

# 공항에서 만나요_

🪑 오 여인이여, 사랑스러운 여인이여, 자연은 남자를 길들이기 위해 그대를 창조했노라. 그대 없이는 우리는 짐승일 뿐 천사들도 당신을 따라 아름답게 그려지도다.

17세기 영국 극작가 토마스 오트웨이가 한 말입니다. 남자와 여자에 대한 여러 가지 정의가 있겠지만 저에겐 이 문구가 흥미롭게 다가옵니다. 남자와 여자는 서로 다른 소통의 언어를 사용하며 사랑의 방식도 크게 다릅니다. 남녀의 차이에 대해선 『화성에서 온 남자, 금성에서 온 여자』로 이미 정리가 된 듯합니다.

남자와 여자가 야수와 미녀인 사실은 영원히 변하지 않을 듯합니다. 남자는 아무리 근사한 양복을 입어도 본질에서 야수이고 여자는 누구나 미녀이기 때문입니다. 이런 해석이 가능하지 않을까요? 야수들은 온갖 수단과 방법을 동원해 미녀를 손에 넣으려고 하고 미녀는 마음에 드는 야수를 골라 인간으로 길들이려 한다는 겁니다.

서로 간의 차이를 인정할 때 비로소 진짜 사랑이 싹틀 수 있습니다. 도저히 받아들일 수 없을 것 같던 '다름'까지도 사랑스러워 보이는 마법의 화학작용. 영화 「해리가 샐리를 만났을 때」에서 해리는 10여 년의 우정 끝에 괴팍한 샐리를 여자로 바라봅니다.

더운 날씨에도 감기에 걸리고 샌드위치를 시키는 데 한 시간이 넘게 걸리는 널 사랑해. 날 바보 취급하며 쳐다볼 때 코에 작은 주름이 생기는 네 모습과 너와 헤어져 돌아올 때 내 옷에 묻은 네 향수 냄새를 사랑해. 잠들기 전에 얘기하고 싶은 사람이 너라서 널 사랑해……

　마법의 화학작용이 시작됐다고 해서 사랑이 완성된 건 아닙니다. 말 그대로 시작일 뿐입니다. 제 선배는 40대의 싱글남입니다. 여자친구를 사귈 때 남녀 간의 차이 때문에 애로사항이 많았다고 합니다. 파리나 뉴욕을 함께 가면 거리마다 명품이 발로 채일 정도입니다. 여자는 명품을 볼 때마다 눈이 휙휙 돌아갑니다. 남자는 사야 할 것만 살 뿐 쇼핑에 관심이 없습니다. 여자의 뇌 속에선 명품을 사는 것이 돈을 버는 거란 계산이 섭니다. 같은 제품을 서울보다 100만 원, 200만 원 싸게 사면 그만큼 이익이란 논리입니다. 어찌 보면 맞는 말이기도 하죠. 하지만 남자 처지에서 보면 그저 과소비일 뿐입니다. 완전히 다른 계산법입니다.

　여자가 그토록 원하는데 남자 체면상 지갑을 열지 않을 수 없습니다. 아예 외면하자니 마음이 약해집니다. 남자는 어쩔 수 없이 사주고 나서 스트레스에 시달립니다. 그리고 다짐합니다. 다시는 함께 명품 파는 도시에는 안 가겠다고. 관계가 삐꺽 댈 땐 이런 사소한 부분이 계기가 되어 헤어질 수도 있는 법입니다.

두 사람은 암묵적 규칙을 정해 호쾌하게 이 문제를 털어냈다고 합니다. 뭘까요? 여행 마지막 날은 서로 각자 볼일을 보다가 공항 승차장에서 만나기! 서로 다른 언어를 사용하는 연인의 갈등 해소법은 만들어나가기 나름인 것 같습니다.

# _ 105번째 생일날

어느 날 지방에 여행 삼아 들렀다가 우연히 보석 같은 글귀를 얻었습니다. 한 공간의 벽에 붙어 있던 글이었습니다. 청주시청 지식나눔마당의 95세 어르신이 쓰신 글에 적잖은 감동을 하였습니다. 그곳에 계신 분들에게 부탁해 벽에 붙어 있는 글을 코팅된 채로 떼어왔습니다.

만일 내가 퇴직할 때
앞으로 30년을 더 살 수 있다고 생각했다면
난 정말 그렇게 살지는 않았을 것입니다.

그때 나 스스로 늙었다고,
뭔가를 시작하기엔 늦었다고
생각했던 것이 큰 잘못이었습니다.

나는 지금 95세지만 정신이 또렷합니다.
앞으로 10년, 20년을 더 살지 모릅니다.

이제 나는 하고 싶었던 어학공부를

시작하려 합니다.

그 이유는 단 한 가지…….

10년 후 맞이하게 될 105번째 생일날

95세 때 왜 아무것도 시작하지 않았는지

후회하지 않기 위해서입니다.

이 글을 읽으며 저 자신이 부끄러워졌습니다. 105번째 생일 후회
하지 않기 위해 오늘의 자신을 채찍질하는 그 어르신은 얼마나 멋진
분인지. 얼굴은 뵙지 못했지만 자존감이 대단하신 분이란 생각에 절
로 고개가 숙여졌습니다.

자기 사랑, 즉 자존감이 부족하면 인생이란 긴 레이스를 견뎌낼
수 없습니다. 낮은 자존감은 자신을 정상적인 자리에 설 수 없게 합
니다. 호아킴 데 포사다의 『바보 빅터』에선 자신의 가치를 모르고 살
아온 두 사람, 빅터와 로라가 등장합니다.

빅터는 173이라는 천재적 IQ에도 선생님의 실수로 17년 동안 자
신을 IQ 73의 바보로 여기고 삽니다. 멘사 회장이 된 빅터의 인생이
참으로 드라마틱합니다. 로라는 빼어난 미인임에도 자신을 못난이로
여기고 삽니다. 그 때문에 어른이 된 후에도 계속 불행한 일을 겪죠.
사실은 이렇습니다. 로라가 7세에 이웃 아저씨에게 납치된 사건이 벌
어졌는데 부모는 겁이 난 나머지 그녀에게 못생겼다는 생각을 주입

했던 것이죠.

빅터와 로라만큼 끔찍한 환경이었지만 처음부터 자존감을 잃지 않는 사람은 또 다른 인생을 살 수 있습니다. 초록색 피부로 태어난 뮤지컬 「위키드」*의 주인공 엘파바는 마법 학교에 입학할 때부터 친구들에게 왕따의 대상이 됩니다. 모두 엘파바를 두려워하고 곁에 가는 것조차 싫어합니다.

엘파바는 동물과 소수자들을 탄압하는 에머랄드시티의 공권에 맞서 싸우는 운동에 앞장섭니다. 에머랄드시티는 엘파바를 '서쪽 마녀'라 부르며 적으로 삼죠. 모두들 외면하는 진실을 엘파바는 포기하지 않고 알아내려 합니다. 그 과정에서 『오즈의 마법사』에 등장하는 허수아비, 겁쟁이 사자, 양철 나무꾼의 과거가 속속 드러납니다. 엘파바는 정의를 위해 '마녀'로 불리는 걸 두려워하지 않습니다. 그 덕분에 진실한 사랑도 찾고요.

자존감은 부족하면 부족한 대로 지금 나의 모습 그대로를 사랑하는 데서 비롯됩니다. 하나씩 차근차근 채워나가고 발전해나가는 내 모습이 정말 사랑스러울 테니까요.

---

* 1995년 그레고리 맥과이어가 발표한 소설 『위키드: 사악한 서쪽 마녀의 삶과 시간들』을 원작으로 한다. 고전 『오즈의 마법사』의 숨겨진 이야기를 다루며 기발한 상상력을 전해 많은 사랑을 받았다.

누군가에게 인정을 받는다는 건 사랑을 받는 일입니다. 동료의 정을 느낄 때 세상살이가 재미있습니다. 모든 칭찬의 중에서도 으뜸은 '사랑합니다'입니다. 사랑한다는 말은 의 존재 자체를 칭찬하고 감사하는 표현이기 때문입니다. 당신이 엇을 해서가 아니라 이 지구에 있어줘서 고맙다는 뜻이 다. 그래서 사랑한다는 말을 받을 수 있는 대상은 아주 특별한 있는 사람입니다.

4부

달달하고
따뜻한 사랑습관

# 러브 버드

화려한 깃털 색과 검은 눈동자 주위에 하얀 링이 붙어 있는 듯한 앵무새 계열 애완조. 손바닥 안에 쏙 들어갈 것 같은 '러브 버드'와의 만남은 운명적이었습니다. 언젠가 올림픽공원에 산책하러 나갔을 때 풀밭에서 이 새들이 총총 뛰노는 모습을 우연히 보았습니다. 새장도 없이 완전히 풀어진 채로 돌아다니니 신기할 수밖에요.

주인아저씨가 '눈테모란앵무'라고 소개를 해주었는데 처음에는 이름이 잘 이해되지 않았습니다. 주인아저씨는 '아이링 러브 버드 Eye-ring love bird'라고 영어명으로 다시 설명해주었습니다. 눈에 하얀 테두리가 있고 모란을 닮았다는 뜻을 되새기고 보니 한국 이름도 굉장히 예뻤습니다. 저는 이 새가 왜 하필 러브 버드가 된 것인지 궁금증을 갖고 관찰했습니다.

우선 러브 버드는 낯선 사람들이 둘러싸고 구경을 하는 데 전혀 의식하지 않았습니다. 사람과 너무 허물이 없어서 오히려 제가 어리둥절해졌습니다. 알고 보니 알에서 부화할 때부터 사람 손에서 자라 사람을 부모라고 생각하기 때문이라 합니다. 이걸 각인효과라고 하죠. 앵무새는 부모가 게워낸 것을 먹습니다. 사람이 이 새를 키우려면 곡식을 가루로 빻아서 주어야 합니다. 주인은 직접 먹이를 주면서 러브 버드의 부모가 됩니다. 주인이 애정을 준 정도에 비례해 친

해집니다. 같은 가족이라도 러브 버드는 키우는 사람 외에는 거리를
둡니다. 주인이 관상조 정도로 키우면 러브 버드는 자기네끼리만 친
하게 지냅니다. 그래서 러브 버드들을 각각 따로 키우는 게 비결이랍
니다.

귀여움을 떠는 데 있어 러브 버드를 따라갈 만한 새가 있을까요?
주인과의 친밀감이 최고에 이르면 이 새는 자발적으로 다가와 만져
달라고 요구합니다. 반면 애정 관계가 성립되지 않으면 아무리 주인
일지라도 이 새를 만져보기 어렵습니다. 까칠한 녀석이 머리를 들이
밀며 만져달라고 애교를 부리면 무덤덤한 사람도 깜빡 넘어갈 수밖
에 없습니다.

풀밭에서 노는 대여섯 마리의 러브 버드 중 보라색 암컷과 검은
색 수컷이 특별히 잘 어울렸습니다. 짝이라는데 제 눈으론 도저히
성별을 구분할 수 없었습니다. 그들은 밖에 나와서 돌아다니게 되면
오로지 짝하고만 놉니다.

짝은 자기가 스스로 결정합니다. 한 번 짝을 맺으면 평생 바꾸지
않고요. 보라색과 검은색 녀석은 풀밭을 둘러친 줄에 나란히 앉아
뒷덜미를 자주 비벼댔습니다. 다른 곳은 다 스스로 단장을 할 수 있
지만 새의 몸 구조상 뒷덜미는 정리할 수 없다고 합니다. 몸의 사각
지대인 셈입니다. 뒷덜미를 정리해주어야 털이 새로 나면서 '미모'를
유지할 수 있습니다. 이 중요한 뒷덜미 정리 작업은 오직 짝의 몫입
니다. 짝이 아닌 녀석이 접근하면 쫓아버린다는 주인아저씨의 설명

은 사실이었습니다.

보라색과 검은색 주변으로 빨간 부리에 노란색 깃털을 가진 수컷이 다가왔습니다. 그 녀석은 보라색을 사이에 두고 검은색 반대편에 자리했습니다. 보라색은 어떻게 했을까요? 사실 인간이라면 이럴 때 남자가 여자 친구에게 접근하는 남자를 직접 쫓습니다. 여자는 그 틈에 남자친구의 능력이나 행동을 지켜볼 테고요. 하지만 보라색은 자신이 직접 제2의 수컷인 빨간 부리 노란색을 내쫓았습니다.

인간의 눈으로 보면 검은색보다는 빨간 부리에 노란색 깃털까지 가진 놈이 더 화려합니다. 그러나 러브 버드 암컷은 마음에 드는 수컷이 아니면 '흑심'을 허용하지 않는 도도함을 가졌습니다. 자신의 선택으로 고른 짝, 자신을 길러준 부모를 평생 신뢰하고 변함없는 애정을 쏟는 이 러브 버드는 대단한 일관성을 가지고 있습니다.

사람은 짝을 고른 후에도 더 좋은 짝에 눈독을 들이곤 합니다. 끊임없이 상대의 애정을 의심합니다. 그 때문에 누군가 상처받는 것은 불가피해 보입니다. 그런 행태가 사람을 만물의 영장으로 진화하게 한 비밀인지도 모르겠습니다만 러브 버드가 참 멋져 보이는 것도 사실입니다.

# 라라, 라라, 라라 ___

이 세상에서 가장 아름다운 영어 단어는 무엇일까요? 세상을 떠난 황수관 교수가 한 강의에서 청중에게 물은 질문입니다. 그는 전 세계 사람들을 대상으로 한 앙케이트 결과를 들고 나왔습니다. 첫 번째는 '마더Mother'였습니다. 들으면서 고개가 끄덕여졌습니다. 두 번째는 당연히 '파더Father'일 것만 같았습니다.

황 교수는 특유의 사투리 섞인 화법으로 말을 이었습니다.

두 번째 아름다운 영어 단어가 파더~였으면 얼마나 좋았겠습니까? 두 번째는 열정을 뜻하는 '패션Passion'이었습니다.

세 번째와 네 번째로 이어져도 파더는 없었습니다. 황 교수의 "파더~였으면 얼마나 좋았겠습니까?"가 반복될 때마다 관객석 여기저기서 웃음이 터져 나왔습니다.

놀라지 마세요. 열 번째도 파더가 없었습니다. 칠십 번에 가도 파더가 없었습니다. 때려치워 버렸습니다. 아버지는 죽었습니다.

이 말이 끝났을 땐 아무도 웃지 않았습니다. 황 교수의 말대로 파더의 죽음이었습니다. 가정에서도 아버지의 자리가 점점 좁아지고 있습니다. 아버지는 자녀와 소통하는데도 뭔가 어색해 보입니다. 아버지의 사랑이 어머니보다 덜하기 때문일까요? 아버지의 사랑을 이해하는데 베르디의 오페라 「리골레토」만 한 작품이 없습니다.

아리아 「여자의 마음」으로 유명한 이 오페라의 주인공 리골레토는 바람둥이 만토바 공작 밑에서 일하는 궁정 어릿광대입니다. 그는 흉한 몰골을 한 꼽추인데 세상에서 손가락질받는 동안 마음까지 뒤틀립니다. 그는 만토바 공작의 비호 아래 공작에게 농락당한 여인들의 남편이나 아버지를 조롱합니다.

그러나 리골레토에게도 어여쁜 딸 질다가 있습니다. 질다의 존재를 숨겨왔지만 딸은 운명의 장난으로 만토바 공작의 궁전에 납치됩니다. 딸이 잡혀 있는 궁전으로 향하는 리골레토의 얼굴이란! 남들이 손가락질해도 웃기만 하는 어릿광대인 줄만 알았는데 분노가 이글거립니다. 그는 놀려대는 만토바 일당 앞에서 어릿광대 노래를 부르며 궁전 구석구석을 헤집습니다. 깊은 저음으로 깔리는 그의 노래는 이 세상에서 가장 슬프게 들립니다. 리골레토는 짐승처럼 외칩니다.

"라라, 라라, 라라."

"내 딸을 도로 내놔! 자식의 명예를 지켜야 하는 사람은 이 세상에서 무서운 게 없어."

그러다가 결국 쓰러져 연약한 여자처럼 울먹입니다.

"내 딸은 내게 이 세상 모든 것이오. 나리들, 용서하오, 용서하오,

불쌍히 여겨주오."

아버지는 이 세상에서 가장 슬픈 노래를 부르는 사람입니다. 가슴에 사랑이 넘치지만 그 표현은 서툴기만 합니다. 체면, 자존심, 미안함, 회한 등이 뒤섞여서 가족들에게조차 낯선 몸짓을 하는……

전 세상의 많은 아버지가 리골레토와 같다고 생각합니다. 아버지의 사랑! 서툴지만 그 안에 진심이 있기 때문에 시간이 지날수록 점점 빛나는 별 같은 가치가 있습니다. 아버지들이 어찌 사랑을 모른다고 할 수 있을까요.

# 가장 듣고 싶은 말 _

『칭찬은 고래도 춤추게 한다』는 제목의 책 한 권이 장안의 화제가 된 적이 있습니다. 유명인이라고 그 '고래'에서 예외가 되는 것은 아닙니다. 남희석은 입담도 좋지만 글 솜씨가 남다릅니다. 저는 매주 남희석의 칼럼을 받는 일을 합니다. 진정한 의미의 1차 독자인 셈이죠. 바쁜 연예인 생활 속에서 기명으로 적지 않은 분량의 글을 쓰는 건 보통 일이 아닙니다.

언젠가 방송가 뒷이야기를 다룬 칼럼을 보내왔습니다. 방송가에 깊이 발 담그고 있는 사람이 아니면 절대 쓸 수 없는 글이었습니다. 마감 시간도 칼같이 지키고 글도 재미있으니 옆에 있으면 뽀뽀해주고 싶을 정도였습니다.

그날은 정신이 없어서 마감만 하고 문자를 보내지 못했습니다. 눈이 펑펑 쏟아지는 길을 걷고 있을 때 전화가 왔습니다. 그의 목소리가 들려왔습니다.

"반응이 어때?"

아차 싶었습니다.

"아마 형 아니면 아무도 그런 글을 쓸 수 없을 걸요?"

"나 칭찬 좀 해줘라. 고생하면서 썼어."

저는 글 속의 문장 몇 가지를 인용하면서 그 부분이 좋았다고 말했습니다. 사실이었으니까요. 전화를 끊고 '연예인의 마음도 똑같구나!'라는 생각에 절로 미소가 피어올랐습니다.

누군가에게 인정을 받는다는 건 사랑을 받는 일입니다. 인간성이 좋아서든, 운동이나 공부를 잘해서든, 일을 잘해서든, 넉넉한 호주머니 인심을 발휘해서든, 동료의 애정을 느낄 때 세상살이가 재미있습니다.

반면 한때 스포트라이트의 대상이 됐다가 팬들의 시선에서 벗어난 스타들은 공허함에 사로잡힌 채 좌절감을 겪습니다. 그 공허함이란 팬들의 애정이 빠져나간 빈자리일 겁니다.

스타들은 사실 부정적 평가나 비난을 견디지 못합니다. 비난을 받으면 거기에 빠져버리기 때문에 아예 인터넷을 보지 않는다는 지인도 있습니다. 또다른 지인인 유명 작가도 고백을 전하더군요.

"비난을 받으면 공격적으로 변한다. 화가 나서 내가 하고 싶은 대로 더 해버린다. 칭찬해주는 사람은 한없이 사랑스럽다."

입에 발린 말은 듣는 사람도 칭찬이 아님을 금방 알아챕니다. 사람은 영물 중 영물이니까요. 사람을 기분 좋게 하는 칭찬은 그 속에 애정이 담겨있습니다. 사실 말을 통해 상대방의 애정을 받는 거죠. 주변에서 나를 알아주는 사람이 몇 명만 있어도 뿌듯한 이유입니다.

내가 명함을 준 사람이 날 기억하지 못하는 걸 알았을 때 기분이 가라앉습니다. 얼굴은 둘째 치고 이름도 낯설어하거나 아예 생전 처음 봤다는 식으로 나올 때 괜한 서운함이 밀려 옵니다. 누군가를 기억하는데도 관심과 애정이 필요하다는 걸 우리는 본능에 따라 알고 있습니다.

모든 칭찬의 말 중에서도 으뜸은 '사랑합니다'입니다. 사랑한다는 말은 상대방의 존재 자체를 칭찬하고 감사하는 표현이기 때문입니다. 당신이 무엇을 해서가 아니라 이 지구에 있어줘서 고맙다는 뜻입니다. 그래서 사랑한다는 말을 받을 수 있는 대상은 아주 특별한 관계에 있는 사람입니다.

'사랑합니다'는 말을 연인에게만 한정하지 않았으면 좋겠습니다. 상대가 누구든 간에 사랑은 힘이 됩니다. 제가 존경하는 어르신이 '사랑하는 장 기자'라고 저를 불러주신 걸 떠올리면 지금도 얄팍한 어깨에도 힘이 들어갑니다. 참고로 남희석은 지인들에게 '사랑해 자기야'라는 멘트를 날립니다. 그래서 저는 남희석의 영원한 팬이 된 걸까요.

'사랑합니다'는 말을
연인에게만 한정하지 않았으면 좋겠습니다.

# 당신 손을 잡고 싶어요 _

사람들은 애정이 있는 대상과 알게 모르게 스킨십을 나눕니다. 멀리 떨어지게 된 연인은 여자 쪽에서 편지에 자신의 입술 자국을 찍어 보냅니다. 참 인간적인 키스 전송 방법입니다. 좀 더 격하게 표현할 때도 있습니다. 여자가 자신의 존재를 드러낼 땐 남자 몸에 키스 마크를 내기도 합니다. 잠정적으로 경쟁 관계에 있는 다른 여자들이 볼 수 있도록 말이죠.

눈 맞추기는 사랑을 성사시키는 데 아주 요긴합니다. 좋아하는 상대와 눈을 맞추면 뇌 속에서 도파민이 나와 기분이 좋아지게 됩니다. 뉴욕대 교수인 심리학자 아서 아론의 실험 결과는 감탄을 끌어냅니다. 그는 낯선 남녀를 한 시간 반 동안 이야기를 나누게 한 후 4분 동안 말없이 서로 눈동자를 바라보게 했습니다. 많은 남녀가 서로에게 끌렸다고 고백했고 결혼까지 성공한 커플도 생겼습니다. 저역시 눈 맞추기가 이 정도로 큐피드 역할을 할 줄은 몰랐습니다.

가장 원초적이며 강력한 스킨십은 포옹입니다. 2010년 호주 시드니에서 갓 태어난 쌍둥이 중 한 아이가 사망했습니다.

"한 번만 안아봐도 될까요."

아기 엄마는 안타까워하며 의사에게 말했습니다. 엄마는 산모 복을 벗고 생명이 빠져나간 아기의 몸을 자신의 피부에 닿게 했습니다.

"엄마는 너를 사랑한단다."

그렇게 엄마는 어쩌면 마지막이 될지도 모르는 사랑의 말을 반복했습니다. 그런데 갑자기 사망선고를 받은 아이의 심장이 뛰기 시작했고 두 시간 후 아이는 눈을 떴습니다. 엄마의 포옹이 아기를 살린 것입니다. '두 팔로 더 큰마음으로 주변 사람들을 안아주세요'라는 글로 마치는 이 동영상은 사랑이 이 시대에 얼마나 많은 생명을 살릴 수 있는지 보여줍니다.

꼭 연인이 아니라면 손을 잡는 건 최고의 스킨십입니다. 사실 상대와 눈 맞추기는 약간 부담스럽기도 합니다. 눈을 과도하게 맞추면 오해를 받을 수도 있습니다. '손을 잡는다'는 건 여러 가지 뜻이 있지만 나쁜 건 하나도 없습니다.

지인 한 분은 일반적인 악수를 하지는 않습니다. 꼭 상대의 손을 자신의 두 손으로 위아래로 감싸 쥐며 인사합니다. 그분은 손이 햄버거 빵처럼 참 두툼해서 느낌이 좋습니다. 짧은 이야기라면 손을 잡은 채로 마치기도 합니다. 모든 사람에게 그러는 건 아니겠지만 상대에 대한 애정을 잘 전달할 수 있는 자신만의 방식인 것 같습니다.

손을 잡으면 사실 다른 말이 필요 없어집니다. 촉각이란 언어보다도 감정을 더 정확하게 주고받는 감각이기 때문입니다. 생각을 해보면 언어가 만들어지기 전 수백만 년 동안의 원시시대엔 사람들이 촉각을 사용해 의사와 감정을 전했을 것입니다. 진짜 좋으면 포옹을 했겠죠. 지금도 그 촉각 언어는 유효한 셈입니다. 동성끼리도 손을 어루만지는 건 큰 부담이 없습니다.

저도 아내를 달래줄 땐 가장 먼저 손을 어루만집니다. 서로 미묘한 감정에서 빠져나오지 못한 상황에서 말이 먼저 나가서 좋을 건 없습니다. 밤새 퉁퉁 불은 성대에서 나온 목소리가 감정을 자극할 수도 있으니까요. 손을 잡으면 사랑과 미안함을 한꺼번에 전할 수 있습니다.

연인과 싸웠을 땐 상대의 귀에 이어폰을 꽂아주고 비틀즈의 「당신 손을 잡고 싶어요I want to hold your hands」를 함께 들으며 손을 잡으면 됩니다.


P.S - 한 가지 주의사항. 손잡기는 개에게 하면 안 된답니다. 개에게 물릴 수도 있습니다. 손잡기는 영장류의 언어이니까요!

# 사랑은 달콤한 희생

사랑은 달콤합니다. 그 이외의 모든 걸 망각하게 할 정도로 행복감을 줍니다. 신비롭습니다. 세상의 어떤 논리나 과학보다 강한 힘을 발휘하니까요.

누구나 이상적인 사랑을 꿈꿉니다. 드라마나 영화 속의 왕자님까진 아니더라도 내 가슴을 설레게 하는 사랑을 기다립니다. 결혼 조건을 갖추고도 정작 짝을 못 찾아 외로움을 타는 솔로들이 얼마나 많습니까. 연애에 대한 온갖 책을 뒤져보고 여러 모임에 나가봐도 내가 찾는 그 사람은 나타나지 않습니다. 어쩌다 내 눈에 드는 사람은 이미 짝이 있습니다.

괜찮은 사람이 있어도 내가 생각하는 조건에 한두 가지씩 미흡하기만 합니다. 그럴 바에야 그냥 솔로로 지내기로 합니다. 하지만 잘 잊고 살다가도 간간이 내가 외롭다는 사실이 불현듯 떠오릅니다. 다른 사람은 다 짝이 있는데 왜 나만 그럴까? 몇 년을 두고 고민해도 풀리지 않는 인생의 수수께끼입니다.

사랑을 시작할 때 고려하지 못하는 부분이 있습니다. 사랑엔 반드시 희생이 뒤따른다는 점입니다. 그것이 사랑의 본질입니다. 독일인 레나테 홍 할머니의 사랑을 떠오릅니다. 이 러브 스토리는 남북 분단의 비극이 빚어낸 순애보입니다. 레나테 홍 할머니는 동독으로 유학하러 왔던 남편이 귀국하면서 생이별한 뒤 혼자서 두 아들을 키우며 살았습니다. 물론 수십 년 동안 수절한 채로 말이죠. 할머니는 지난 2008년 평양을 방문했고 47년 만에 극적으로 남편을 재회했습니다. 하지만 2010년 남편은 저 세상으로 먼저 떠나고 말았습니다.

이 사랑은 그야말로 초인적입니다. 남편을 만나겠다는 일념 하나로 기다리고 기다리고 또 기다리는 사랑. 철옹성 같은 북한 정권도 레나테 홍 할머니의 사랑만은 막을 수 없어서 상봉을 허락했습니다. 레나테 홍 할머니가 사랑을 선택한 대가는 컸습니다. 개인의 삶을 통째로 희생한 그녀의 사랑은 신비롭기까지 합니다.

희생을 동반하지 않는 사랑은 오래가지 않습니다. 주변에서 부부가 사정으로 잠시 떨어져 있다가 영영 헤어지는 경우를 종종 봅니다. 유학, 돈벌이 등 때문에 바다를 사이에 두고 살면 부부 중 어느 한 쪽이 더 많이 희생하게 됩니다. 같이 있을 때처럼 희생의 분담이 조절되지 않습니다. 삶의 조건이 확 바뀝니다.

그 균형이 무너진 틈에 이기심이 끼어듭니다. 어느 한쪽이 자신만 희생할 수 없다는 판단을 하는 순간, 사랑이 깨어집니다. 평소 사랑이 두텁지 못했기 때문일 수도 있겠죠. 심지어 상대의 일방적 희생을 발판으로 사는 쪽이 더 많은 성취를 위해, 혹은 세상을 보는 시각이 달라진 탓에 상대를 버리기도 합니다.

성숙한 사랑은 희생을 감내합니다. 하지만 사랑을 지키기 위한 희생이 쓰디쓰기만 하다면 그걸 끝까지 견디는 이는 이 땅에 없을 겁니다. 희생하는 이는 달콤함과 희열로 보상을 받습니다. 오스카 와일드의 동화 『행복한 왕자』에서 왕자의 동상이 자신은 헐벗으면서도 다른 사람들의 미소를 보며 행복을 느끼는 것처럼. 그래서 사랑은 달콤하고 때로는 씁쓰름한 신비의 사탕입니다.

# 환상 지켜주기 _

🪑  타이타닉호는 환상의 배입니다. 열렬한 사랑을 하고 짝을 맺는 이는 나름대로 근사한 타이타닉호를 타고 인생이라는 바다를 여행하게 됩니다. 멋진 왕자님과 예쁜 공주님이 곁에 있으니까요.

처음엔 탈탈거리는 모터보트도 타이타닉 못지않게 보일지 모릅니다. 하지만 하늘이 늘 맑고 쾌청할 수 없듯이 언젠가 궂은 날씨에 시야가 가려지고 폭풍우가 몰려올 겁니다. 그때 파도 거품 사이로 숨은 암초에 충돌하면 제아무리 타이타닉호라도 영락없이 침몰합니다.

'눈에 콩깍지가 씌운다'는 말이 있습니다. 사랑에 빠지면 현실을 보던 눈에 환상이라는 안경을 쓰는 셈입니다. 사랑의 마법에 걸리면 세상이 아름답게 빛나고 마치 나를 위해 존재하는 것과 같은 착각에 빠집니다. 악천후와 암초는 날 것 그대로의 현실입니다. 사실 현실은 긴장과 고난의 연속입니다. 그런 현실을 견디게 해주는 힘이 환상입니다. 인간은 환상과 현실이라는 두 가지 스펙트럼을 가지고 인생을 항해합니다.

환상은 산산이 조각나고 현실만 적나라하게 보며 긴긴 항해를 해야 한다면 살맛이 달아나고 말 것입니다. 도니제티의 오페라 「람메르무어의 루치아」 여주인공 루치아는 오빠와 애인의 극한 대립을 보다 못해 정신이 나가 살인을 하고 자살까지 합니다. 작품 속 이야기

일 뿐일까요? 자신이 불행 속에 던져졌고 더는 아무 희망이 보이지 않는다는 생각이 들면 가족을 버리고 떠나기도 합니다. 그런 아빠와 엄마가 점점 많아지는 걸 봅니다.

환상의 힘은 생각보다 대단합니다. 환상이 조금이라도 남아 있다면 가혹한 현실도 함께 견뎌낼 수 있습니다. 로베르토 베니니가 감독과 주연을 맡은 「인생은 아름다워」가 바로 그런 영화입니다. 온갖 폭력이 난무하는 포로수용소가 주인공들에겐 현실입니다. 그곳에서 아빠는 꼬마 아들에게 포로수용소는 하나의 게임이자 놀이라고 설명하며 즐거움을 줍니다. 환상이란 안경을 쓴 꼬마 아들은 신 나게 숨기 놀이를 하며 어른들도 공포에 질식하는 그 공간에서 즐겁게 살아갑니다.

꼬마 아들은 그곳이 포로수용소이란 걸 새까맣게 몰랐을까요? 그 아이는 살벌함의 무게를 체감하면서도 아빠를 믿고 놀이를 했던 게 아닐까요?

환상의 가치를 모르는 가족이나 연인은 오랫동안 행복하기 어렵습니다. 언젠가 청춘의 선물로 호르몬이 선사한 콩깍지가 벗겨지는 순간이 오기 때문입니다. 그땐 무미건조함이 인생을 지배하게 됩니다. 이제 가족이 됐으니까 먹구름이 덮인 하늘 아래 뱃고물에 서서 암초를 감시하라고 떠미는 건 너무 가혹합니다.

반면 배가 볼록 나온 중년 남자가 돼도 허리와 엉덩이 라인이 일자인 중년 여자가 돼도 환상을 나누어주는 사람은 섹시합니다. 현실성이 좀 부족하다 할지라도 그 계획에 동참하고 싶도록 합니다. 심장 안에 환상을 넣어두며 살았다는 사실 하나만으로 여전히 멋진 사람입니다. 산초는 돈키호테의 심장 안쪽을 열어보았음이 틀림없습니다.

연인이 혹은 온 가족이 함께 키운 환상은 가치가 있습니다. 그들에게는 내일의 태양이 뜹니다. 사랑하는 사람과 이런저런 이야기를 하며 환상이라는 쿠키 한 조각을 나누어주세요. 달콤한 환상이 함께라면 두 사람의 배는 언제나 타이타닉입니다.

# _수호천사

한 선생님이 담배 피우며 방황하는 고등학생에게 애정 어린 시선으로 물었습니다.

"언제부터 담배를 피우게 됐니?"

그 학생은 담담하게 자신의 과거를 들려주었습니다. 초등학교 5학년 무렵 부모님께서 심하게 다투기 시작했습니다. 아버지는 다툼이 끝나면 베란다로 나가 담배를 입에 물었습니다. 그런 일이 반복됐습니다. 아이는 아버지에게 물었습니다.

"아빠, 왜 담배 피워?"

아버지는 담배를 한 모금 내뱉으며 말했습니다.

"담배 피우면 가슴 답답한 게 다 날아가니까."

아버지의 이 한 마디가 그 아이의 가슴에 꽂혔습니다. 중학교 2학년 무렵 아버지와 어머니는 결혼 생활을 정리했습니다. 학교 생활도 우울해졌습니다. 가슴이 답답해졌습니다. 그때 그는 아버지의 말 한 마디가 생각났고 처음으로 담배를 구해 불을 붙였습니다.

각박한 사회 속에서 가장 상처받는 존재는 아이들입니다. 아침, 점심, 저녁 사랑으로 쑥쑥 커야 할 아이들이 방치되고 학대받는 경우가 많습니다. 가정이 더는 보금자리가 되지 못할 때 아이들은 학교도 그만두고 사랑을 찾아 떠납니다.

조폭 구성원의 상당수에게 그런 상처가 있습니다. 그들도 한때 사랑스러운 아이였습니다. 그들이 왜 그렇게 된 걸까? 조직 폭력배 전담팀 형사들은 아이들이 잘못 삐치면 조폭이 된다고 입을 모읍니다. 조폭 생활을 시작하는 나이는 대략 17~18세입니다. 고등학교를 중퇴하고 제 발로 어둠의 세계를 찾아 들어갑니다. 아이들이 10대 후반, 20대 초반에 강도 같은 범죄 저지르고 감옥에 몇 번 갔다 오면 금세 서른 살이 됩니다. 거칠고 황폐해진 영혼으로 인생의 중반을 맞이합니다.

18세에 소년원을 세 번이나 들어온 한 소년이 출소하면 취업을 돕는 자활센터에서 지내는 게 어떠냐는 권유를 받았습니다. 전라도에서 조폭 생활을 한 소년의 답은 충격적이었습니다.

"저도 가고 싶슴더. 그런데 부모님보다 조직 형님들과 더 오래 살아 정이 들었슴다. 조직에서 나간다고 하고 몇 대 맞으면 그만이지만 정 때문에 뿌리치지 못하겠슴더."

조폭이나 몸을 파는 여성도 사이비 종교에 빠진 사람들도 예전처럼 강제로 붙잡혀 있는 것이 아니라 정 때문에 그곳을 빠져나오지 못한다고 합니다. 누가 조금만 잘해주면 정에 목마른 아이들은 무서운 일도 마다치 않습니다. 자신이 이용당하거나 잘못된 길을 가고 있는 걸 알면서도 말이죠.

어둠 속에서 세상으로 나오면 세상 사람들은 또다시 손가락질하고 격리를 강요합니다. 사회는 양형 기준을 잔뜩 높여 감옥에 처넣고 다신 못 나오게 하려 합니다. 내 주위에만 얼씬거리지 않으면 된다는 식입니다. 그런 아이들을 위해 진심으로 고민하는 사람은 많지 않습니다. '나도 힘들어 죽겠는데, 힐링 하기도 바쁜데'라는 이유로 그들까지 돌아보려 하지 않습니다.

어린 시절 받은 사랑은 어른이 된 후에도 세상의 한파를 견디는 힘이 됩니다. 정신적으로 아픈 아이들이 많습니다. 감당하기 어려운 짐이 휙 날아와 그들의 온몸을 짓누를 때 고민을 터놓고 말할 사람이 없습니다. '말해봐야 아무 소용없어'라는 자포자기 심리가 세상과의 소통을 막아버립니다.

아이들이 아플 때 해열제를 사다 줍니다. 아이들은 엄마가 새끼손가락으로 휘휘 저어주어 타주는 약을 먹고 다음날 일어납니다. 아이들의 열을 내리게 한 것은 약이 아니라 새끼손가락에서 약에 녹아든 엄마의 사랑 아닐까요?

초등학생 아들과 함께 〈바티칸 박물관전〉에 간 적이 있습니다. 저는 어떤 그림이 가장 마음에 들었느냐고 아이들에게 물었습니다. 레오나르도 다빈치, 미켈란젤로, 라파엘로 같은 대가들의 작품을 젖혀두고 아들은 중세 화가 젠틸레 다 파브리아노의 목판화 「난파하는 배를 구하는 성 니콜라스」를 골랐습니다. 난파되어 구조를 기다리고 있는 사람들 위로 성자 니콜라스가 슈퍼맨처럼 날아오는 그림입니다. 수호천사가 된 성자라는 표현이 어울리겠지요.

저의 해석이 맞는지는 모르겠습니다. 아이는 언제나 엄마, 아빠가 수호천사처럼 자신을 지켜주길 바라고 있는 게 아닐까요? 그날 이후 아이가 방황할 때도 따뜻하게 안아줄 수 있는 수호천사가 되기로 했습니다.

아이는 언제나 엄마 아빠가 수호천사처럼
자신을 지켜주길 바라고 있는 게 아닐까요?
그날 이후 아이가 방황할 때도 따뜻하게 안아줄 수 있는
수호천사가 되기로 했습니다.

# 모성의 힘 _

르네상스 천재 화가 중 한 명인 라파엘로 산치오는 1507년 사랑을 은유적으로 표현한 그림을 그렸습니다. 목판 템페라화인 「사랑」이란 작품으로 한 여인이 어린 아기들에게 젖을 먹이고 있는 모습을 담고 있습니다. 그림의 색채도 화려하지 않습니다. 이 구도의 특징은 아기들이 앞뒤 좌우에서 여인을 껴안고 있다는 점입니다. 엄마의 품에 파고들려고 필사적으로 머리를 밀어 넣는 아기들. 하지만 여인은 한 아기도 버리려 하지 않습니다. 모성의 본질을 순간적으로 포착한 라파엘로는 대단한 작가임이 틀림없습니다.

모성의 힘은 얼마나 큰 걸까요? 어머니의 사랑이 엇나갈 때 모성의 힘을 더 확실하게 알 수 있습니다. 중국 한나라 말기 천하 대권을 놓고 조조와 싸웠던 원소 집안의 이야기입니다. 원소의 집안은 당시 최고의 명문가였습니다. 원소는 공손찬을 무찌르고 북방의 패권을 쥔 다음 열 배나 많은 병력을 가지고 조조와 관도대전을 치렀습니다. 하지만 이 싸움에서 패하고 원소는 병을 얻어 죽게 됐고요.

그래도 원소 가문은 대단했고 원소에겐 정실부인 유씨와의 사이에선 낳은 원담, 원희, 원상 삼 형제가 버티고 있었습니다. 문제는 유씨가 자기 배로 낳은 세 명의 아들 중 유독 막내 원상을 예뻐했다는 점입니다. 아마 원상이 원소를 닮아 인물이 훤칠했기 때문인 것 같습니다. '열 손가락 깨물어 안 아픈 손가락 없다'는 옛말은 유씨에겐 해당 사항이 없었습니다.

원소와 유씨는 막내 원상을 후계자로 삼고자 장남과 차남을 청주와 유주로 내려보냈습니다. 그리고 원소가 죽은 후 유씨는 원상에게 원소의 지위를 이어받도록 했습니다. 장남과 차남이 얼마나 화가 났겠습니까? 그 때문에 원씨 집안은 내분이 일어났지요.

유씨는 유독 질투도 심했습니다. 그녀는 원소의 시신이 안장되기 전 원소가 생전 아끼던 다섯 명의 첩을 몽땅 죽여버렸습니다. 그것도 모자라 원소가 저 세상에서 알아보지 못하도록 머리카락을 자르고 얼굴에는 저주의 글과 그림을 새겨 넣어 시신을 훼손했습니다. '여자의 한은 오뉴월에도 서리를 내리게 한다'는 말을 보여준 셈입니다.

모두를 품어야 할 모성이 이토록 엇나갔으니 집안이 온전할 리 있겠습니까? 원소 집안은 조조군에게 망해 쑥대밭이 되고 말았습니다. 모성이 자식들에게 골고루 나누어지지 않으면 온 집안에 우환이 드는 교훈을 역사에서 되새겨보게 됩니다. 어머니 사랑을 받지 못한 쪽은 세상에 홀로 버려진 듯한 자괴감으로 이성을 잃고 분탕질을 칠 테니까요.

# 구두닦이의 인생 _

사랑하면 행복하고 행복하면 사랑이 찾아옵니다. 사랑이나 행복도 오랜 습관으로 만들어집니다. 사랑이나 행복을 습관화한 사람만이 진정 그것을 누릴 수 있습니다.

한 구두닦이가 있었습니다. 그 구두닦이는 한 건물 밑에서 부지런히 일했습니다. 워낙 어렵게 자란 탓에 돈이 생겨도 맛있는 식사 한 끼 사 먹지 못했습니다. 그는 그렇게 일한 지 30년이 지나 결국 그 건물을 사고 말았습니다. 자랑스러운 일이었지만 그는 그 부를 얼마 누리지 못하고 세상을 떴습니다. 평생 짜장면과 싸구려 음식만 먹은 탓에 몸에 건강을 해치는 기름이 잔뜩 쌓인 겁니다. 수십억 원의 재산을 갖고 있어도 좋은 음식 한 번 먹어보지 못하고 간다면 얼마나 허망한 일일까요?

우리가 아는 유명인 중에도 그런 분들이 있습니다. 배우 A씨는 지금은 제법 성공해 주위의 부러움을 받습니다. 하지만 성공한 후에도 맛있는 음식을 좀처럼 먹지 못했습니다. 어느 날 A씨가 방송가의 몇몇 지인에게 아귀찜을 사겠다고 하더군요. 근검절약하는 A씨에겐 좀처럼 드문 일이어서 지인들도 의아해했습니다. 그런데 지인들이 더욱 놀란 건 A씨가 식사하는 모습이었습니다. 술자리와 식사를 겸해 마련된 자리에서 아귀찜이 나왔을 때 A씨는 그걸 먹지 못하고 날계란과 소주를 주문했습니다. 지인들이 "왜 아귀찜을 안 먹느냐?"고 묻자, A씨는 "젊을 때 하도 고생해 날계란에 소주를 곁들여 먹는 게 습관이 됐다"고 답했습니다. 안타까운 건 A씨가 매일 원하는 만큼 아귀찜을 사 먹을 수 있는 처지가 됐지만 정말 맛을 모르게 됐다는 점입니다.

배우 B씨 역시 매달 돈을 수천만 원씩 버는 준재벌이 됐습니다. 그 역시 젊은 시절 숱하게 고생을 해서 검소한 옷차림과 식단을 유지하고 있습니다. 방송국에서도 그는 주로 구내식당을 이용합니다. 그를 아는 사람들의 입에선 "그 돈 쌓아두었다가 어디로 가져갈 거냐?"라는 말이 나옵니다. 고생할 때는 모르지만 어느 정도 지위에 오르면 주변의 기대치가 생깁니다. 비교적 적은 돈으로 맛있는 음식을 주변 사람과 나누는 건 사랑이자 행복입니다.

수천억 원의 자산가 중에 영화 한 편 제대로 즐기지 못하는 사람도 있습니다. 무슨 일이 생길까 봐 극장에도 못 가고 집에 꾸며둔 안방극장은 전시용일 뿐입니다. 아무리 부자라도 그가 인생의 재미를 모르는 사람이라면 더 만나고 싶은 생각이 들지 않습니다.

인생은 찰나입니다. 하루도, 일 년도, 십 년도, 백 년도 어찌 보면 찰나입니다. 사랑과 행복을 느끼는 법도 어린 시절부터 알고 배울 필요가 있습니다. 나이 서른쯤 되면 이미 늦습니다. 서른도 금방이니까요. 찰스 디킨스의 소설 『크리스마스 캐럴』에서 나이 든 스크루지가 사랑과 행복을 깨우치는 데 얼마나 힘이 들었습니까? 유령들에게 잔뜩 혼난 다음에야 겨우 정신을 차리지요.

우리나라 베이비붐 세대가 은퇴 후 남는 시간을 어떻게 사용해야 할지 몰라 어려움을 겪고 있다는 기사를 본 적이 있습니다. 일하느라 젊은 시절 취미 한번 가져보지 못한 탓입니다. 돈을 적게 쓰고도 사랑하고 행복할 수 있는 자신만의 비결이 없으면 긴긴 인생을 견뎌낼 수 없습니다.

지인들과 맛집을 다녀보며 괜찮은 음식을 다른 사람들에게 전파하는 것도 하나의 방법입니다. 그 정보를 들은 사람은 그곳에 갈 테니까요. 젊은 시절부터 클래식 음악에 취미를 붙여 감상법을 알고 있는 분들도 부럽습니다. 마음 상태나 날씨에 걸맞은 앨범을 한 장 꺼내 들을 수 있는 건 얼마나 멋집니까? 혼자 간직하고 싶은 음악을 남에게 추천해줄 수도 있고요.

저는 제 방을 빼곡하게 둘러싸고 있는 책들을 둘러보는 게 낙입니다. 학생 시절부터 밥 한 끼 덜 먹고 한 권씩 사 모은 책들이어서 소중합니다. 책장을 넘기며 종이가 누렇게 변색한 자취를 봅니다. 역시 인생은 찰나군요. 더 많이 사랑하고 행복해야 하겠습니다.

# 서부 1번 국도의 티켓

30대와 40대는 이 세상의 중심에 서 있습니다. 성공을 걸고 인생에서 가장 치열하게 싸우는 시기입니다. 10대와 20대를 보내는 동안 짜릿한 사랑이 지나가고 짝을 맺어 가정을 이룹니다. 그들은 사랑하는 가족을 위해 일터와 가정에서 뛰고 또 뜁니다.

30대와 40대는 고속도로를 달리는 자동차에 비유할 수 있습니다. 고속도로에선 혼자만 속도를 지키며 천천히 갈 수 없습니다. 그곳에선 다른 차들이 달리는 속도에 맞춰서 달려야 합니다. 그 속도에 맞추지 못하면 금세 뒤처지고 사고가 날지도 모릅니다. 우리는 때로 위태롭게 고속도로를 달리고 있는 자신을 발견합니다.

가사와 육아에 맞벌이까지 하는 직장여성들도 크게 늘었습니다. 대학졸업 후 쉬지 않고 직장을 다니다가 결혼을 해 아이를 낳고 서울에 아파트까지 장만한 중년 여성이 있습니다. 그녀는 중년이 되어 몸 상태가 급격히 나빠졌다는 판정을 받습니다. 하지만 경제적 타격이 클 걸 고려해 감히 퇴사도 못한다고 합니다. 안타까운 현실입니다.

경제력이 특권적 가치로 떠오르면서 사랑 공동체였던 가족이 경제 동맹체로 변하고 있다는 진단까지 나옵니다. 경제적 안정만 누릴 수 있다면 사랑은 없어도 문제 되지 않는다는 이야기입니다.

온 가족이 고속도로를 달리는 경우도 흔합니다. 가족이라는 이름 아래 함께해도 사랑만 나눌 수 있는 여건이 아닌 경우도 있습니다. 실제로 제 주변엔 서로 다른 도시에 살며 주말부부로 지내는 지인들도 적지 않습니다. 그럴 땐 배려와 존중이 관계를 지탱해주는 가치가 됩니다. 고속도로 위에서 사랑을 말하긴 어려우니까요. 살벌한 도로에서 함께 달리는 차들 사이엔 배려와 존중이라는 규칙이 작용합니다.

한 미국교포가 미국 관광을 온 지인들을 태우고 서부 1번 국도를 여행할 때의 일입니다. 그곳의 차들은 제한속도 이상으로 무섭게 달리고 있었습니다. 교포는 다른 차들과 비슷한 속도로 맞추어 달렸습니다. 그런데 고속도로 경찰이 속도위반으로 그 차를 불러 세웠습니다. 교포는 "왜 속도위반을 한 다른 차들은 잡지 않느냐?"며 따졌습니다. 경찰은 "지금 속도위반한 것 맞지 않느냐?" 하면서 티켓을 끊었습니다. 교포의 항의는 통하지 않았습니다. 어떻게 말하면 그 교포가 운이 없었던 것이겠죠.

문제는 그다음이었습니다. 경찰에게 티켓을 끊으면서 교포는 얼굴을 찡그리고 한국말로 욕하면서 떠났습니다. 교포가 얼마만큼 달리고 있을 때 그 경찰이 다시 차를 불러 세워 속도위반 티켓을 끊었습니다. 교포는 "아까 속도위반 티켓을 끊지 않았느냐?"고 항의했지만 경찰은 "아까는 아까고 조금 전 또다시 속도위반을 했다."며 받아들이지 않았습니다. 알고 보니 교포의 표정에 화가 난 경찰은 그를 다시 추적해 제재를 가한 겁니다. 그가 경찰의 판단을 존중했다면 추가 티켓을 끊지 않아도 됐을지 모릅니다.

인생이란 고속도로에서 악운이 오는 건 피할 수 없습니다. 그러나 더 큰 악운을 부르는 건 자기 자신입니다. 특히 가족끼리 배려와 존중을 나누지 않는다면 고속도로 질주는 정말 외로울 수밖에 없습니다.

# 기형 금붕어 _

🪑 자연의 반대는 작위 혹은 인공입니다. 중국의 역사를 보면 작위를 즐기는 경향이 있습니다. 온갖 형태의 기형 관상용 금붕어가 사실 '메이드 인 차이나'입니다. 북송 시대부터 이런 금붕어들은 황실 공급용으로 육성됐습니다. '캘리코' '왕눈이' '툭툭이'라고 불리는 특이한 금붕어들은 기형일수록 값이 비쌉니다.

전체의 바탕색과는 달리 몸 곳곳이 알록달록한 금붕어도 인간이 만들어낸 종입니다. 멀쩡한 금붕어를 잡아 특정 부위의 비늘을 떼어냅니다. 금붕어로선 굉장히 아플 겁니다. 그 상태로 금붕어를 놓아주었다가 시간이 지나면 다시 잡아들입니다. 지난번 비늘이 떼어져 나간 부위는 새 비늘이 돋아난 상태이지요. 그 부위의 비늘을 또다시 떼어냅니다. 그 작업을 반복하면 그 부위의 색이 변합니다.

눈이 기형적으로 부풀어 오르거나 몸 위로 올라가 붙은 금붕어도 그런 작업을 통해 생겨난 변종입니다. 인간들은 특이한 금붕어를 보고 싶은 욕심으로 기형을 만들어냅니다. 하지만 그 작위의 과정은 알고 나면 씁쓸합니다. 인간의 웃는 얼굴 뒤에 감춰진 잔인함을 드러내니까요.

중국의 전통 풍습인 전족은 여자들에게 가해진 작위입니다. 당나라 시대부터 내려와 대부분의 한족 여자에게 적용된 풍습입니다. 여자아이의 발을 묶어 성인이 된 이후에도 발 크기가 10센티미터 정도에 불과하게 하였는데요. 전족은 여자가 그 발로 아무 데도 도망갈 수 없도록 하는 목적이 컸습니다. 여자는 한집안의 소유물이 되는 셈입니다.

내시를 만드는 풍습은 또 어떻습니까? 멀쩡한 남자의 성기를 거세해 남자도 여자도 아닌 기형 인간을 만들어냈습니다. 내시가 되기 위해 거세를 받은 후보자들의 상당수가 그 과정에서 죽었다고 합니다. 기형 동물이나 인간을 보면 의문이 생깁니다. 그 대상을 정말로 사랑했다면 저렇게 만들 수 있었을까요? 사랑이 없었거나 있더라도 도착했다고밖에 볼 수 없습니다. 한 존재를 자신만의 소유로 만들고자 한 과도한 욕구가 빚어낸 결과이니까요.

서양에선 '프로크루스테스의 침대' 이야기가 전해 내려옵니다. 그리스 로마 신화의 괴인 프로크루스테스는 나그네를 침대에 눕히고 침대 길이보다 길면 긴 만큼 자르고 짧으면 다리를 잡아 늘였다고 합니다. 상대방이 내 구미와 뜻대로 될 수는 없는 법입니다. 상대방의 신체를 자신의 구미에 맞춰 변형하는 일만큼 잔인한 것도 없어 보입니다.

인간관계에서는 우리는 혹시 누군가를 기형인간으로 만들고 있는 건 아닐까요? 한 부분만 계속 왜곡시키면 그 대상은 어느 순간 기형이 됩니다. 가정을 예로 들어봅니다. 가장은 흔히 '돈 버는 기계'라 불리곤 합니다. 가족들이 돈벌이만을 기대해 가장의 등을 떠민다면 그 가장은 정말 돈 버는 기계가 될 겁니다. 그가 돈 버는 능력을 상실하면 폐기되고 말겠지요. 주부도 마찬가지입니다. 남편이 아내를 밥상 차려내는 사람으로 여기면 아내는 식모로 전락하고 맙니다. 부모의 욕심에 의해 지나치게 채찍질 당하던 수험생 자녀가 부모를 죽이는 경우도 종종 일어납니다.

카프카의 소설 『변신』 주인공 그레고리 잠자는 자본주의 사회와 이기적 가족이 만들어낸 기형 인간에 대한 환유가 아닐까요? 불쌍한 세일즈맨 잠자는 부모가 진 빚을 갚기 위해 비인간적 대우를 참아가며 회사원 생활을 합니다. 회사와 가정 모두 그를 돈벌이 수단으로 대하죠. 그러던 어느 날 벌레의 모습으로 침대에서 일어나게 됩니다. 그는 벌레가 된 직후 심적 압박감을 떠올립니다.

이렇게나 고된 작업을 택하다니. 자나 깨나 멀리 떠돌아다녀야 한다니. 사실 본사에서 근무하는 것보다 몹시 고통스럽다는 말이야. 더욱이 여행 도중엔 떨쳐 버릴 수 없는 잔걱정이 많다. 바꿔 타야 할 기차 시각에 신경을 써야 하고, 짧은 틈을 이용해서 허겁지겁 불규칙한 식사를 해야 하고, 언제나 고객이 바뀌어서 깊이 사귈 수도, 마음을 털어놓고 교제할 수도 없는 대인 관계가 그렇듯……. 내가 쉴 새 없이 뛰면서 가까스로 주문받은 것을 기재해 두려고 오전 중 숙소로 들어올 무렵에야 그들은 아침 식사를 드는 실정이 아닌가? 내가 그런 짓을 했다간 당장 그

자리에서 해고당하고 말 것이다.

그의 가족들은 회사보다 한 수 더 뜹니다. 벌레가 된 잠자에게 상처를 입히고 무시하는 건 기본입니다. 먹을 것도 주지 않고 그가 죽었을 땐 기뻐하기까지 합니다. 그들은 돈벌이를 못하게 된 가족 구성원을 치워버리는 듯한 인상을 줍니다.

어쩌면 이런 회사와 가족이 만든 환경이 잠자를 기형 벌레로 만들었던 것이겠지요. 여기서 사랑에 대한 깨달음을 얻을 수 있습니다. 상대방을 기능이 아니라 있는 그대로 아끼고 보아주는 일, 그것이 사랑입니다.

# 소담하게 눈이 내렸네 _

한국인은 모두 정이 많습니다. 이 끈끈한 감정이야말로 한국인의 사랑법입니다. 또한 한국인은 정취를 사랑합니다. 상대에 대한 정을 정취가 배어 있는 글이나 그림 또는 편지 등으로 표현하면 깊은 여운을 줄 수 있습니다. 물론 이 바쁜 세상에서 서로 이메일을 주고받는 일도 인연을 만들고 유대관계를 맺는 것이지만요.

좋은 글은 이메일로도 정취를 전달합니다. 저의 형님 중 한 분이 어느 눈 날리는 겨울날 안부 메일을 주셨습니다. '소담하게 눈이 내렸네'라는 제목에서 참 포근하다고 느꼈습니다. '잘 있었니?'라는 제목도 정겹습니다. 하지만 '소담하게 눈이 내렸네' 만큼 격조와 정취가 있지는 않습니다.

미국 샌프란시스코 부근의 아름다운 도시 산타클라라에 거주하는 정순영 실리콘밸리 한미상공회의소 전 의장은 참 정이 많은 멋쟁이십니다. 언젠가 우리가 만났을 때 한 저택의 장작불 곁에서 그분은 저에게 유명한 러시아 민요 「스쩬까 라진」을 원어로 불러주셨습니다. 1950년대에 대학교를 다니면서 이탈리아와 독일의 가곡, 러시아 민요, 스페인 시 등을 외우고 즐긴 습관이 평생의 재산이 된 것이죠. 저는 그 노래를 듣고 있다가 이국적 정취에 빠져들었습니다.

정 의장은 지인들에게 정이 듬뿍 담긴 수제 편지를 전합니다. 가로세로 10센티미터 남짓한 크기의 편지지에 밑그림으로 옅게 난을 친 후 정겨운 붓글씨로 길지 않게 소식을 전합니다. 그냥 편지가 아니라 한 편의 절제된 시화 작품입니다. 상대에 대한 정을 난의 정취로 표현한다는 것이 얼마나 멋진 일입니까?

다산 정약용 선생은 정취가 넘치는 분이었습니다. 다산이 18년의 유배 중 10년째가 되었습니다. 아내 홍씨 부인은 남편에게 시집올 때 입고 왔던 다홍치마 여섯 폭을 사랑의 징표로 보냅니다. 다산은 색깔이 바랜 그 치마를 가위로 잘라 네 개의 첩을 만들어 두 아들에게 보내고, 외동딸에게 나머지 천으로 글과 그림을 곁들인 작은 족자를 만들어 보냈습니다. 그 작품이 바로 고려대학교 박물관에 소장된 「매조도梅鳥圖」입니다. 다산은 매화나무에 한 쌍의 새가 즐겁게 놀고 있는 모습을 그리고 거기에 제사題辭로 시를 하나 지어 넣었습니다. 무슨 내용인지 볼까요?

가볍게 펄펄 새가 날아와
우리 뜨락 나뭇가지에 앉아 쉬네
매화꽃 향내 짙게 풍기자
꽃향기 사모하여 날아왔네.
이제부터 여기에 머물러 지내며
가정 이루고 즐겁게 살거라.
꽃도 이미 활짝 피었으니

그 열매도 주렁주렁 많으리.

翩翩飛鳥 息我庭梅 有列其芳 惠然其來
爰止爰棲 樂爾家室 華之旣榮 有蕡其實

아버지가 유배지에서 외동딸에게 보낸 일종의 편지인 셈입니다.
엄격할 것만 같은 철학자 다산의 부정은 햇볕처럼 따스하고 샘처럼
풍부합니다.

정취가 담긴 편지는 꾸밈이 없어서 좋습니다. 그리고 상대에 대한
마음의 상태를 온전하면서도 은유적으로 전달할 수 있습니다. 그런
표현은 아마도 오랫동안 내면을 닦아야 나올 수 있을 듯합니다.

개나리 핀 날 혹은 눈이 소복이 쌓인 날, 덕수궁 담벼락이나 정동
길을 걸으면 누구나 시인이 됩니다. 그 정취 속에서 불현듯 떠오르는
얼굴에 편지를 보내고 싶습니다.

# _ 어느 루게릭병 환자의 고백

시간이 얼마 남지 않았을 때 사랑은 절실해집니다. 제가 장흥의 한 병원을 방문했을 때 루게릭병 환자 배철 씨는 67세의 나이로 임종을 앞두고 있었습니다. 입으로 씹거나 삼킬 수 없어 영양제에 의지해 연명하는 상태였습니다.

루게릭병은 몸의 근육이 차츰 말라가면서 죽어가는 희귀 유전병입니다. 그런데 이 병은 지능이 높은 사람에게만 나타나며 발병 후 지능이 더욱 높아지는 작용을 일으킵니다. 영국 우주물리학자 스티븐 호킹이 대표적입니다. 루게릭병 환자는 쇠락해가는 육체와 대비해 선명해지는 정신 상태 때문에 더 심한 고통과 스트레스를 받습니다. 결국 육체와 정신의 극심한 불균형으로 생명이 끝나는 경우가 많습니다.

배철 씨는 직장 생활을 하고 목사의 길을 걷다가 10년 전부터 루게릭병과 싸우기 시작했습니다. 그의 아버지도 이 병으로 세상을 떠났고 여동생도 그와 마찬가지로 투병 중입니다. 그러나 그는 신앙심으로 정신적 스트레스를 극복하며 발병을 최대한 지연시켜왔습니다. 시시각각 죄어오는 육체의 억압 속에서 그는 2012년 4월 가족들에게 유언장을 썼습니다. 미국 이민생활 시절을 떠올린 유언장의 한 대목입니다.

미국 이민 가서 눈이 많이 온 경우에도 너희를 강하게 훈련하겠다는 생각으로 학교까지 차로 태워주지 않고 장화 신고 걸어다니게 한 것이 마음에 걸렸다. 그때 아빠가 차로 태워주며 아빠의 따스한 정을 느끼게 해주지 못한 것이 미안하고 후회가 되었다. 지금이라도 너희에게 미안하다는 말을 하고 싶다. 많이 미안하다. 아빠의 사과를 받아줄 것이지?

그는 손가락만 까닥까닥 움직여 글을 쓰며 아내에게도 따로 마지막 편지를 남겼습니다. 힘이 모자라 흐트러진 글씨체였지만 사랑을 담아내기엔 부족함이 없었습니다. 그의 아내는 이 편지를 받고 여러 차례 울었다고 합니다.

### 나의 아내에게

당신과 함께 한 가정을 이루도록 나를 따라 주어서 고맙고 기뻤어요. 자녀가 다 가정을 이루고 신앙생활을 잘하도록 당신이 양육해주어서 우리가 모두 주안에서 행복을 누리게 되었으니 얼마나 감사한지요! 나는 당신과 결혼해서 행복을 행복인 줄 모르고 산 적도 있었고 당신을 섭섭하게 한 적도 많았는데 참 미안합니다.

당신이 모든 걸 긍휼한 마음으로 품어 주어서 오늘의 내가 행복한 가정을 만들어 기쁘게 떠날 수 있게 되었어요. 정말 고맙

소. 내 인생은 당신 덕분에 행복했어요. 잘 먹고 잘 운동하고
건강하고 행복하게 지내시오.

- 당신의 사랑하는 남편 철 2013. 3. 9

가족 간에도 섭섭하고 아쉬운 점이 없을 수 없습니다. 그러나 그
것은 가족이 주는 행복과 사랑에 비견할 수 없습니다. 루게릭병 환
자 배철 씨는 삶의 시간이 줄어드는 동안 그러한 삶의 진리를 더욱
절실하게 느끼고 편지로 고백했습니다.

제가 꼬맹이 때 만났던 아저씨. 입도 제대로 오므리지 못하면서도
"상용이 알아보겠어요?"라는 물음에 고개를 끄덕이는 그의 눈빛은
비교적 평화로워 보였습니다. 머리맡에 모인 가족들의 모습이 그에
게 평온을 선사했을 겁니다.

미안합니다. 고맙습니다. 행복했습니다. 그가 생의 마지막 순간까
지 글을 통해 가족들에게 남기고자 한 세 마디였습니다.

이 세상에서 나 혼자 할 수 있는 건 아무것도 없습니다. 심지어
존재는 아버지와 어머니의 사랑으로 만들어졌습니다.
은 사랑이 무여서 나 하나가 만들어지는 것이 세상의 원리입니다
런데 그 사실을 까맣게 잊어버리고 살 때가 잦습니다
상을 내 위주로 놓고 살다 보면 권력 있고 돈 많이 버는 직업만
답게 보입니다.

# 5부

# 내 손의 돌을
# 내려놓는 순간

# 조르바 보스의 연인

🪑 사랑은 눈에 보이지 않으면서도 실존합니다. 우리 손에 들고 있는 돌멩이도 그러합니다. 마치 많은 사람이 돌을 던질 때를 손꼽아 기다리는 듯합니다. 대상만 정해지면 군중 속에 묻어서 돌멩이를 던진 후 익명성 속으로 재빨리 숨어버립니다. 아이들에겐 교실에서 따돌린다고 경악하고 나무라면서 말이죠. 사실 험한 세상에서 사랑을 지키기 위해선 약간의 기술이 필요하기도 합니다.

니코스 카잔차키스의 소설 『그리스인 조르바』를 원작으로 한 영화에서 그 유명한 조르바 댄스의 무대가 되는 아름다운 크레타 섬 해변은 햇살 가득합니다. 조르바가 목숨보다 소중하게 여긴 산투르* 선율이 파도와 함께 넘실거리고요. 이런 곳에서 사랑이 만들어지지 않을 리 없죠. 낭만의 서사시 속에 끼어든 하나의 삽화 같은 이야기는 잔혹하기만 합니다.

조르바의 보스이자 소설가인 '나'는 크레타 섬의 한 아름다운 과부와 사랑에 빠집니다. 과부는 수많은 구애자 중에서 외지인인 나를 선택한 것이죠. 상실감을 느낀 마을 청년 한 명이 바다에 뛰어들어

---

* 산투르Santur. 고대 페르시아에서 만들어졌으며 상자에 붙인 줄을 채로 연주하는 타현악기.

자살합니다.

검은 머릿수건을 쓴 과부가 교회 가기 위해 집을 나섭니다. 마을 사람들이 그녀를 따라오며 점점 둘러쌉니다. 군중 속에서 누군가가 여자에게 "이년, 이 화냥년, 더러운 살인자!"라고 외치자 돌이 무더기로 날아듭니다. "살인자"라는 군중의 판결은 사실 말이 안 되죠. 그녀는 자신의 사랑을 선택했을 뿐인데요. 검은 천으로 몸을 감싼 채 담벼락에 기대어 과부에게 증오의 눈빛을 날리는 노파들은 좀비처럼 보입니다.

돌멩이가 그녀의 머리를 때리자 붉은 피가 머리에서 이마와 뺨을 타고 목까지 흘러내립니다. 그 피가 군중을 더 흥분시킵니다. 과부는 "그리스도의 이름으로, 그리스도의 이름으로!"라고 부르짖습니다.

영화에선 죽은 청년의 아버지가 과부의 목을 칼로 그어버립니다. 카잔차키스의 소설은 좀 더 잔인합니다. 청년의 아버지는 "하나님의 이름으로 심판한다!"고 외치며 잘라낸 과부의 목을 교회 문턱에다 팽개치기까지 합니다. 같은 그리스도와 하나님의 이름이 이렇게 상반되게 해석되다니요.

돌을 얻어맞기 일보 직전에 놓인 한 여자가 성경 요한복음에도 등장합니다. 유대인들의 율법에 따르면 처녀의 몸으로 임신한 여자, 몸을 파는 여자, 임자 있는 남자와 사랑하는 여자는 돌로 쳐 죽여야 합니다. 율법에는 예외가 없습니다. 그곳에 모인 지도자들이 예수에게 묻습니다. 여자를 어떻게 해야 할까요? 답을 내놓고 예수를 시험

합니다.

예수는 아무 말 없이 땅바닥에 손가락으로 무언가를 씁니다. 군중은 '저 인간이 뭐 하는 거야?'라며 궁금해했겠죠. 예수는 일어나 조용히 말합니다.

"너희 중에 죄 없는 자는 저 여자를 돌로 치라."

군중이 하나둘씩 뒷걸음칩니다. 갑자기 자신을 돌아보게 된 거죠. 시간이 지나자 예수와 여자만 남아 있습니다. 예수가 한 일은 군중의 시선을 바꾸어준 것뿐이었습니다. 여자는 살았습니다. 사형대에 묶인 옆 동료까지 죽은 상황에서 황제의 사면이 날아들어 극적으로 목숨을 구한 도스토옙스키만큼이나 극적으로. 군중이 손에서 돌을 내려놓은 순간 기적이 시작됩니다.

조르바 보스의 연인인 과부의 비극을 통해 사랑의 본질을 깨닫습니다. 극도의 사랑이 미움으로 변한 사례입니다. 인간 생태학자 아이블-아이베스펠트는 저서 『사랑과 미움』에서 자제력을 파괴하는 인간의 선천적 요소 가운데 같은 인간을 저주하는 능력이 가장 위험하다고 지적합니다. 아이베스펠트에 따르면 교제 관계가 사랑이라는 겁니다. 교제 관계가 끊어지면 미움이 되고요. 동정심을 차단하는 이런 능력은 결국 인간을 매몰찬 살인자로 만든다고 덧붙입니다.

생태학자 K. 로렌츠도 자기 내부의 음성에 귀 기울이지 않는 인간은 천사의 반대에 훨씬 가까울 것이라 단언합니다. 미움에 가득 찬 인간들에게 자기의 모습을 보게 해주는 건 순식간에 미움을 가라앉

히는 기술입니다.

어쩌면 보스의 연인을 죽게 만든 건 조르바의 미숙함이 아닐까 생각해봅니다. 돌을 든 크레타 섬 남자들은 원래 과부를 미친 듯이 갈망했습니다. '마초' 조르바는 과부를 구한답시고 마을 남자들과 격투를 벌였습니다. 조르바가 그녀를 쫓아다니던 마을 남자들의 행적을 슬쩍 상기시켜주었더라면 결과가 어떠했을까요? 과부의 담을 넘어보려던 그들을. 조르바가 이름을 부른 그 남자는 열사병 환자처럼 주춤주춤 뒤로 물러났을지 모릅니다. 그리고 옆에 있던 남자는 자신의 과거가 들통이 날까 봐 흰자위를 굴렸을지 모르고요. 그랬다면 조르바 보스의 연인은 크레타 섬 밖의 새 터전에서 소젖을 짜고 올리브 나무를 키우며 행복한 아침 노래를 불렀겠지요.

# 두 가지 선택지

천사인지 악마인지 구별이 안 되는 신비한 존재가 어느 날 갑자기 나타난 두 장의 종이를 내놓습니다. 영혼을 팔라는 계약서인 가요? 그건 아니고, 그냥 빨간 종이와 파란 종이의 질문에 답해보라고 합니다. 영화 「매트릭스」에서 영문도 모르는 네오에게 빨간약과 파란 약 중 하나를 선택하라는 모피어스처럼.

'10억 원이 생긴다면 잘못을 하고 1년 정도 감옥에 가도 괜찮은 가?' 파란 종이에는 그렇게 적혀 있습니다. 어떤 사람에겐 엄청난 갈등을 일으키는 유혹일 수 있습니다. 앞으로 70년은 더 살아야 하는데 1년만 감옥살이하고 10억 원을 버는 게 낫지 않을까. 심지어 단 1분의 갈등도 없이 곧바로 해보겠다고 나서는 사람도 있을 겁니다. 한 설문조사에 따르면 우리나라 고등학생 10명 중 4명 이상이 이 같은 물음에 그렇게 하겠다고 답했다고 합니다. 나만 잘살 수 있으면 다른 사람들은 어떻게 돼도 상관없다는 극도의 이기주의가 그 답변 밑에 깔렸습니다.

빨간 종이에는 이렇게 적혀 있습니다. '100명의 대원이 적에게 포위돼 있다. 지휘관인 당신이 혼자 희생하면 나머지 99명을 살릴 수 있다. 그렇게 하겠는가?'라고. 이것 역시 고민입니다. 뭐, 훌륭한 생각입니다만 목숨까지 내놓아야 한다면…… . 혼자 남기는 싫다는 본능이 다른 선택들을 죄다 눌러버립니다. 실제로 그런 선택을 하는 사람은 없을 거라는 막연한 위안도 듭니다.

국가보훈처가 선정한 '이달의 6.25전쟁영웅' 행사에 참가한 적이 있습니다. 한 해 12명의 인물을 선정해 기리는 행사였습니다. 그 12명은 실제로 빨간 종이의 질문지대로 행동한 분들이었습니다. 저 역시 '호국 영령' '전쟁영웅'이란 단어가 낯선 세대이지만 12명 각각의 사연을 읽어보고 놀랐습니다.

여방오 하사(육군)란 분은 1953년 812고지에 공격 지점을 알리는 대공포판을 메고 올라감으로써 우리 공군이 공격, 적진지를 초토화할 수 있게 했습니다. 자신은 장렬히 전사했습니다. 진두태 중위(해병대)는 1951년 대관령 공격작전에서 수색소대장으로 정찰 중 매복한 적에게 포위당하자 부하들을 철수시킨 뒤 혼자 전투를 벌여 수 명의 적을 죽이고 자신도 최후를 맞았습니다. 김창학 하사(해군)는 부산 해상에서 교전 중 적탄에 맞아 파편상을 입고도 동료의 안전을 위해 끝까지 조타키를 잡고 적 선박을 격침했습니다. 결국 심한 부상으로 전사했습니다. 차일혁 경무관은 1950년 75명의 병력을 이끌고 빨치산 2,500명이 포위한 남한 유일의 수력발전소인 전북 정읍의 칠보발전소를 탈환했습니다.

12명 이외에도 얼마나 많은 분이 빨간 종이를 골랐을까를 생각해봅니다. 누군지 모르는 사람이라고, 사는데 바쁘다는 이유로 외면하기엔 그들의 삶은 아직도 보석처럼 반짝거립니다. 나라 혹은 동료에

대한 그들의 사랑은 영원히 지워질 수 없으니까요. 나라는 존재가
이 자리에 있기까지 얼마나 많은 분의 사랑과 희생이 바쳐졌을까 생
각해봅니다.

　지금 이 순간에도 어디선가는 두 개의 극단적 선택지를 뽑아드는
사람이 분명 있을 겁니다. 한 생명을 살리기 위해 불구덩이 속에 뛰
어드는 소방구조대도 거기에 속할 것이고요. 두 선택지를 뽑지 않고
살아가는 대다수 사람은 뭐냐고요? 빨강과 파랑을 섞으면서 살아가
는 보라돌이죠.

# 반들거리는 그 눈빛 _

1인 가족이 점점 늘어납니다. 사랑을 주고받는 대상이 사람으로 한정될 순 없습니다. 반려동물이 사람의 빈자리를 대신해줄 친구라는 점은 의심할 여지가 없습니다.

제가 아는 한 개는 사람과 거의 비슷한 감정이 있습니다. 한 젊은 여성 CEO의 사무실을 간 적이 있습니다. 발밑으로 하얀 치와와가 다가와 재롱을 부렸습니다. 그분은 웃으며 "얘가 이래 봬도 질투가 아주 많아요."라고 말했습니다. 사연인즉슨, 치와와 이외에 집에 암컷 개 한 마리가 더 있다는 겁니다. 주인이 들어오면 두 암컷 개가 주인의 사랑을 독차지하려고 경쟁적으로 먼저 달려든다고 했습니다. 보이지 않는 경쟁이 얼마나 심한지는 주인만 알고 있겠죠. 개들도 보스에게 잘 보여 사랑받고 싶어 하는 인간과 별다를 바 없다는 생각이 들었습니다.

남양주에 자리한 『맹꽁이 서당』의 만화가 윤승운 선생님의 집에 올라간 적이 있습니다. 산기슭에 자리한 전원주택이었는데 개가 열 마리도 넘게 뛰놀고 있었습니다. 웬 개가 이리 많담. 거기엔 놀라운 사연이 숨어 있습니다. 그 개들은 모두 유기견이었습니다. 심성이 착한 윤 선생님은 길에서 우연히 만난 개들을 거두었습니다. 사람이나 개나 집 없으면 서럽기는 매한가지입니다. 그 마음을 헤아려 동물까지 거두는 분들이 있다는 사실을 알고 감동을 하였습니다.

유기견은 개를 버린 사람들에 의해 만들어집니다. 멀쩡하게 키우던 개를 차들이 휙휙 지나가는 고속도로에 팽개치고 도망가는 사람들이 적지 않습니다. 그런 개는 결국 이곳저곳을 떠돌아다니며 쓰레기통을 뒤지는 신세가 됩니다. 사정이 힘들다고 키우던 아이를 팽개치는 부모와 무엇이 다르겠습니까? 유기견은 무책임한 사랑이 만들어낸 결과입니다.

헌혈견 엣지 이야기는 개도 우리 사회의 훌륭한 구성원임을 보여줍니다. 한 신문에서 공항 마약탐지견으로 일하던 개 엣지가 은퇴하며 새 가족을 찾는다는 기사를 읽은 적이 있습니다. 얼마 후 검은 털을 가진 이 래브라도 리트리버는 새로운 가족을 찾았습니다. 저는 『헌혈견 엣지』라는 책을 보고 이 개에 대해 자세히 알게 됐습니다.

엣지는 공항에서 마약 사범을 쫓다가 돌에 맞아 한참을 고생했다고 합니다. 그리고 헌혈견이 되어 많은 개를 살렸습니다. 정말 그랬는지 모르겠지만 책에서 엣지는 생각합니다.

가족, 가족…… 내가 아플 때, 늙고 병들어 아무것도 할 수 없을 때, 그때도 나를 끌어안아 줄 가족이 내게도 있었으면 좋겠어요. 나도 다시 가족을 만나고 싶어요.

개들은 먼저 꼬리를 흔들며 다가가 인간에게 사랑을 표시합니다.

그리고 아기처럼 사랑받기를 원합니다. 개는 인간에게 파트너십을 가르치는 최고의 동물입니다. 저는 개를 키우진 않지만 개의 사랑이 한 인간의 삶에 큰 의미가 될 수도 있다고 생각합니다. 주인을 향하는 개의 올망졸망한 눈동자와 반들거리는 그 눈빛. 아, 감히 마주하지 못하겠습니다.

사랑을 주고받는 대상이 사람으로
한정될 순 없습니다.

# 슬픈 힐링 _

🪑 '멘붕'과 '힐링'은 바늘과 실처럼 함께합니다. 멘탈 붕괴가 왔으니 치료를 받고 싶은 건 당연합니다. 그 결과 온 국민이 힐링에 빠졌습니다. 밥이 입으로 들어가는지, 코로 가는지 따질 겨를도 없이 생활에 급급한데다 미래도 희망도 잘 보이지 않으니까요. 책과 TV 프로그램들도 너도나도 힐링에 뛰어들었습니다.

그런데 힐링이 뭘까? 어느 날 궁금증이 생겨 주변 사람들에게 힐링에 대해 생각나는 대로 이야기해보라고 했습니다. 30대 후반 금융 종사자 A씨는 주말 아침 산책이 자신의 힐링법이라고 합니다. 자연을 벗 삼는 아침 산책. 에너지를 빵빵하게 넣어줍니다.

40대 중반의 공기업 팀장 B씨는 한때 힐링 차원에서 여행과 캠핑 등을 열심히 했습니다. 그는 이제 그 경지는 넘었습니다.

"너무 바삐 사는 것 같아요. 다른 사람을 알아가는 것이 힐링 아닐까요? 인적사항이나 스펙에 대한 관심이 아니라 이 사람은 무슨 생각을 하고 사는지 어떤 고민이 있는지 궁금해요. 출근하면 회의 전에 일 말고 그냥 사는 얘기를 조금씩 해요. 젊은 사람들이 아기 키우는 이야기 듣고 있으면 재미있어요."

시간이 흐른 후 B씨가 어떤 힐링을 발견할지 기대가 됩니다. 그러나 그의 이런 깨달음도 남들이 한다는 힐링을 다 해본 후 얻을 수 있죠. 20대, 30대는 뭔가 멈추고 휴식하는 게 힐링이란 인식을 하고 있습니다. 요가, 명상, 스파 등의 행위도 힐링이고요. 국외여행 가서 온천을 즐기면 힐링이란 겁니다. 생각을 치열하게 하지 않아도 되니까요.

가만 보면 힐링은 개인적인 개념에 가깝습니다. 삶에 지친 자신을 치료하는 데 초점을 맞추고 있으니까요. 문제는 여기에도 여유가 필요하다는 겁니다. 즉 돈의 개념이 개입되는 것이죠. 힐링을 하려면 어느 정도 돈이 좀 있어야 합니다. 빈부격차와 돈 때문에 상처받아 힐링을 해야 하는데 그마저도 돈이 없어 못하다니요. 따지고 보면 정말 슬픈 현실입니다.

힐링으로 구제받지 못하는 다수 사람은 어떻게 하란 말입니까? 개그콘서트 같으면 개그맨들이 머리에 띠를 두르고 그렇게 외쳤을 것입니다. 그래서 저는 힐링에 그만 매달리고 사회의 시선을 사랑에 돌리자고 주장합니다. 누군가에게 받고 돌려주는 사랑만이 황폐해진 내면이 무너져 내리는 걸 막을 수 있는 버팀목이라 믿습니다. 마침 20대 중반의 직장 여자 후배가 이런 증언을 하더군요.

"힐링요? 여유가 없으면 하기도 어려워요. 돈 없는 사람은 잠 밖에 힐링이 없어요. 일하다 책상에서 엎어져 자는 것도 힐링이에요."

말을 마친 그녀는 손을 내밀었습니다.

"왜요? 인터뷰했으니까 돈."

힘든 가운데서도 웃음을 잃지 않는 후배가 귀여웠습니다. 저도 즉

석에서 웃음을 돌려주었습니다.

"그래? 나도 힐링 하러 가야겠다. 책상에서."

# 빈자리

50~60명이 넘는 교실에서 빈자리 하나가 크게 보였던 경험이 누구에게나 있을 겁니다. 그 나무책상과 의자에 앉아 있던 친구가 곧 돌아와 밝게 웃어줄 것 같은데 영원히 돌아오지 않을 것이란 사실에 가슴이 허전해진……

교실 다음엔 사무실이 인생에 찾아왔습니다. 사무실에서도 빈자리는 여전히 눈에 띄었습니다. 사무실의 빈자리는 때로 교실과는 아주 다른 메커니즘으로 만들어지기도 합니다.

이름만 들으면 아는 대기업의 간부가 대한민국을 떠나 이민을 갔습니다. 제가 아는 그는 참 가족적이고 남에게 모질게 하지 못하는 사람입니다. 대한민국의 튼튼한 허리를 구성해온 그에게 어떤 일이 일어났을까요?

그의 보직에 변화가 있었습니다. 전국적으로 큰 조직의 관리직에만 있다가 현장을 함께 책임져야 하는 일이 떨어졌습니다. 때론 생전 겪어보지 못한 거친 사람들도 만나야만 했습니다. 언제부턴가 메일함을 열면 읽는 순간 '펑' 터져서 없어져 버리는 이메일들이 배달되곤 했습니다. 거기엔 욕설, 협박, 저주 등의 글귀가 적혀 있었습니다.

그는 그 글귀들을 읽고 화장실로 달려가 혼자서 울었습니다. 울적한 날엔 회사 옥상에 올라가 아래를 내려다보며 투신을 생각하기도 여러 번이었습니다. 남들이 보기에 번듯하고 부러워하는 직장과 자리. 하지만 어느 순간부터 그 자리는 그에게 살벌한 아귀 지옥으로 변했습니다.

그 기업의 직원들은 익명에 기대어 서로 상처 주기를 멈추지 않았습니다. 혹자는 이렇게 말할지도 모릅니다. 그의 전 직장이 너무 편했던 것 아니냐고. 그런 논리라면 사무실이란 온갖 비방, 험담, 방해 공작, 질투, 혈연, 지연, 학연 같은 충격을 견디는 사람이 더 독한 내성을 길러 살아남고 못 견디는 사람은 떠나는 것이 당연한 공간이 됩니다.

또 다른 직장에서 일어난 실화입니다. 연차가 낮은 직장인이 일주일 동안 무단결근을 하고 돌아왔습니다. '직장생활 하기 너무 어렵다'는 것이 이유였습니다. 그것도 다른 가족이 회사에 전화를 걸어 그 사실을 전했습니다. 그가 그런 행동을 한 진짜 이유는 정확히 모릅니다. 다른 부서에 있는 한 선배가 그 후배를 멀리서 보며 목소리를 높였습니다.

"직장이 그렇게 만만해 보여? 뻔뻔하게 나오다니."

창백한 얼굴로 앉아 있는 그에게 들릴 것 같은 목소리였습니다. 그 선배는 주변에서 걱정하자 "들으라고 하는 말이야. 내가 회사를 그만두든지 해야지."라며 분을 풀지 않았습니다.

그 후배가 직장인답지 못한 행동을 한 건 맞지만 동료 선배라면 그 사람이 왜 그런 행동을 했는지, 마음 상태가 어떤지를 먼저 헤아리는 게 좋지 않았을까요? 선후배 사이도 냉혹한 업적 평가의 잣대로 규정짓는 것 같아 씁쓸합니다.

"결함이 있는 너와는 같이 일하기 싫으니 그만 나가줘."

모진 말은 입 밖에 내뱉지 않아도 눈빛이나 행동을 통해 상대에게 전해집니다. 그러나 그 선배가 그런 규정을 지을 만큼 높은 수준의 자격이 있는지는 의문입니다.

그렇게 살벌한 사무실의 빈자리는 교실과는 다른 교훈을 줍니다. 패배자가 백기를 들고 걸어나간 듯한 흔적이 됩니다. 모두 빈자리에서 피 냄새를 느낀 후 자신의 자리로 고개를 파묻습니다. 회사는 그 효과가 짧고 강할수록 좋다는 걸 알기에 빈자리를 또 다른 사람으로 금세 채워버립니다.

나는 과연 어떤 직장 속에 있는 걸까 둘러보게 됩니다. 영화 「모던 타임즈」 속 찰리 채플린의 공장처럼 내가 아파하고 있는 걸 외면한 채 동료는 나사와 볼트만 죄고 있는 게 아닌지.

이런 환경 속에서 "도대체 해법이 무엇이냐?"고 묻는다면 저는 '진심'이라고 답합니다. 공동체 생활도 타인을 사랑하는 한 방편이 될 수 있지만, 여기서 진심이란 자신이 만나는 사람들이 진정으로 잘되기를 바라며 적극 도와주는 자세를 말합니다. 무한경쟁 속에서 나만 살아남으면 된다는 이기심을 품고 있는 한 빈자리는 쉽게 만들어집니다. 주변 사람들은 이 끝 모를 우주에서 같은 시대에 태어나 얼굴을 마주하며 나와 엄청난 인연을 맺고 있습니다. 비록 잠재적

경쟁자라 할지라도 잘 되기를 염원하는.마음이 진심입니다.

요즘은 교실의 빈자리도 사무실의 법칙을 따릅니다. 2013년 3월 경북 경산에서 한 고교생이 동료에게 시달리다 아파트에서 투신했습니다. 그는 유서 마지막 장에 '옥상에서 이렇게 불편하게 적으면서 눈물이 고여. 하지만 사랑해. 나 목 말라. 마지막까지 투정부려 미안한데 물 좀 줘……'라고 적었습니다. 아마도 죽은 학생이 '물'이라고 표현한 것은 '사랑'이 아니었을까요? 그를 진심으로 대한 사람들이 부족했기 때문이 아닐까요?

첫 번째 이야기로 다시 돌아가 봅니다. 대한민국을 떠나 국외로 이민 가는 가족들을 다시 돌아볼 필요가 있습니다. 과연 돈과 아이들 교육만의 문제였을까요? 그들은 이민이라도 갈 수 있는 여유가 있는 팔자 좋은 사람들일까요? 힘들지만 내 땅, 내 가족, 내 친구들과 함께하고자 했던 가장들의 억장이 무너진 측면이 간과되고 있지는 않을까요?

평생을 벗하고 싶은 좋은 이웃들이 우리 곁을 떠납니다. 그 빈자리는 결국 우리 마음속에 남아 있을 겁니다.

그 빈자리는 결국 우리 마음속에
남아 있을 겁니다.

# 세상 끝에서 _

🪑　중국 상해임시정부의 삐거덕거리는 좁은 계단을 올라가면 백범 김구 선생의 작은 집무실과 책상이 놓여 있습니다. 대한민국 국민이라면 누구나 자기도 모르게 가슴이 울컥할 겁니다. 저도 눈물이 핑 돌았습니다. 나라 잃은 임시정부엔 이런 누추한 곳도 허용되지 않아 중국 내에서만 여섯 군데 도시를 떠돌아다녔습니다.

그 옆방 작은 집무실 벽엔 도산 안창호 선생의 친필로 쓴 '애기애타愛己愛他'와 석오 이동녕 선생의 '광명光明'이 액자에 걸려 있습니다. 두 분의 반듯한 붓글씨는 '먼저 자기를 사랑하고 남을 사랑하라'는 메시지와 '밝은 세상'의 철학을 전하고 있습니다.

백범과 도산이 임시정부를 꾸려나갈 때 우리나라는 세상 끝으로 몰려 존재가 지워지기 일보 직전이었습니다. 우리 민족이 세계 지도에서 없어진들, 아무도 관심을 두지 않을 때였습니다. 오죽했으면 중국 중경 망명 시절 백범이 『백범일지』에 이렇게 적었을까요?

세상은 고해라더니 살기도 어렵고 죽기도 어렵다. 타살보다 자살은 결심만 강하면 쉬울 것 같기는 하지만 자살노 사유가 있는 데서 가능한 것이다. 옥중에서 나도 자살의 수단을 쓰다가 두 차례나 실패했다. 서대문감독에서 매산 안명근 형이 굶어 죽

220

기로 하고 나에게 조용히 물을 때도 나는 찬성하였다. 급기야 실행에 옮겨 사나흘 음식을 끊는 것은 배가 아프네! 머리가 아프네 하여 간수의 물음에 응했지만 눈치 빠른 왜놈은 의사에게 진찰케 하여 매산을 결박한 후 달걀을 풀어 입을 강제로 열고 삼키게 했다. 결국 매산이 자살을 단념한다고 통고한 것을 보면 자유를 잃으면 자살도 쉬운 일이 아니구나.

그런 상황에서도 백범과 도산이라는 두 민족 지도자는 나란히 사랑을 우리 민족과 인류를 구할 철학으로 삼았습니다. 백범은 『백범일지』를 통해 말했습니다.

지금 인류에게 부족한 것은 무력도 아니요, 경제력도 아니다…… 인류가 현재 불행한 근본 이유는 인의가 부족하고 자비가 부족하고 사랑이 부족한 때문이다.

도산은 누구보다 사랑의 중요성을 강조했습니다. 너도나도 사랑을 공부하고 실천하자는 것이었습니다. '먼저 자기를 사랑하고 남을 사랑하면 밝은 세상이 온다' 상해임시정부 벽에 붙은 도산과 석오의 액자는 마치 이어진 문구 같습니다.

상해임시정부의 민족 지도자들은 가장 어려울 때 사랑의 철학을 찾았습니다. 어려울 때도 무력만을 고집하거나 단지 독립하는 것만을 이야기하지 않았습니다. 위대한 민족 지도자의 사상이나 수준은 남들이 보지 못하는 곳까지 바라봅니다. 그들은 대한민국이 독립한 후 세계 속에서 사상적으로 다른 나라들을 이끌어나가는 나라로 거듭나는 비전을 염두에 두고 있던 겁니다.

오히려 대한민국이 번영하고 발전하던 시기에는 모두 인류애의 철학을 외면했습니다. 내가 무조건 남보다 잘살아야 하고 잘 돼야 한다는 생각에 사로잡힌 채 살았습니다. 특히 사회 지도층이 자신의 탐욕을 챙기는데 앞장섰습니다. 백범과 도산의 철학은 발 빠르게 부를 축적해야 하는 시대에 맞지 않다고 여긴 것이죠.

그 결과 지금은 국가가 아니라 세상 끝에 몰린 힘없는 개인들이 늘어나고 있습니다. 백범과 도산의 철학은 새롭게 도래한 위기의 시대에 다시 새겨볼 만합니다. 그들은 이미 이런 시대가 올 것까지 예측하고 있었던 걸까요?

# 어울림 빚어내는 큰 질그릇

버스가 멈춰 선 지점은 강원도 영월의 어느 산허리였습니다. 인솔자가 "여기서 점심 먹겠습니다."라고 외쳤습니다. 버스에서 내리자 눈앞에 그림 같은 풍경이 펼쳐졌습니다. 산봉우리들을 끼고 굽이굽이 흐르는 영월 동강. 장대한 비췻빛 물줄기가 봄 햇살 아래 반짝거렸습니다.

우리 일행은 산 위의 송어양식장에서 식사하게 됐습니다. 산허리에서 송어 떼를 만나 얼마나 반가운지 몰랐습니다. 그 유명한 슈베르트 피아노 5중주의 주인공들을 마주하게 되다니요. 이 곡이 우리나라에 번역될 무렵 잘못된 번역으로 '숭어'로 소개되기도 했지만요. 피아노 5중주의 경쾌한 연주처럼 송어들은 탄력 넘치는 몸놀림으로 수면을 튕기면서 건강미를 뽐냈습니다. 슈베르트도 송어의 생명력에 반해 악보를 채워나간 듯싶습니다.

저는 지금은 고인이 된 여자탤런트 C씨의 바로 옆자리에서 송어회 덮밥을 먹었습니다. 영월에서 촬영한 드라마의 주인공을 맡은 C씨는 환한 미소를 지으며 사각형으로 자른 분홍색 송어살이 가득한 회덮밥을 맛있게 먹었습니다. C씨가 스스로 목숨을 끊었다는 소식을 접했을 때 저 역시 충격을 받았습니다. 다른 여성들이 부러워하는 외모를 가졌던 그녀는 왜 세상을 등졌을까요?

그녀가 세상을 떠난 뒤에도 동강에 다시 갈 기회가 있었습니다. 자동차로 동강 상류까지 올라갔더니 영화의 롱샷처럼 멀리서 바라본 풍경과는 완전히 달랐습니다. 솔밭과 돌무더기가 좁아진 강폭을 따라 함께 나가고 있었습니다.

그때 급한 물살을 따고 래프팅 보트가 떠내려왔습니다. 여섯 명에서 여덟 명까지 그룹을 이룬 그 보트는 제법 변화가 심한 물살과 싸우면서 전진했습니다. 길들지 않은 야생마를 탄 모습이랄까요? 강 중간에 박힌 기암괴석들을 아슬아슬 비켜가면서 힘을 모아 보트를 지켜내는 사람들은 서로를 의지합니다. 안전장비를 착용한 탑승자들은 물벼락을 뒤집어쓰면서도 마냥 즐거워했습니다. 왼편의 절벽이 그 모습을 우뚝하게 지켜봅니다.

동강은 어떤 일이 있어도 멈추지 않고 흐릅니다. 물은 앞에 거대하고 날카로운 바위가 있으면 갈라졌다 합쳐집니다. 물길이 급격하게 떨어져도 폭포처럼 아래에서 하나의 줄기로 다시 만납니다. 폭이 좁은 곳에서 좌우의 압력을 견디며 빠르게 밀려가다가 하류에서 여유로운 움직임을 갖습니다. 깊이가 우려내는 보석 같은 물빛, 기암괴석, 소나무, 신선 같이 날아가는 학, 햇살과 구름이 한데 어우러져 동강의 절경을 빚어냅니다.

동강에는 어울림의 힘이 있습니다. 래프팅하는 사람들도 작은 보트 안에서 어울려 나아갑니다. 이상하게도 함께 어울린 사람들은 사랑스러워 보입니다. 왠지 그 사람이 내게 특별해집니다. 그 관계에서 저절로 애정도 피어납니다. 요즘 내게 애정이 식었다며 스스럼없이 농담을 던질 수 있는 대상이 되기도 합니다.

어울림을 빚어내는 큰 질그릇 같은 동강. C씨의 짧은 생애를 생각해봅니다. 그녀가 더 많은 사람과 어울릴 기회를 가졌으면 좋았을 것 같습니다. 여배우라는 직업의 특성상 아주 제한적인 생활을 할 수밖에 없었습니다. 고민을 털어놓거나 자문을 할 사람도, 밥 한 끼 같이 먹을 사람의 폭도 좁습니다.

이츠키 히로유키의 『타력』에 '횡초橫超'라는 불교용어가 등장합니다. 앞에 도저히 돌파할 수 없는 높고 두꺼운 벽이 있다고 가정합니다. 그럴 땐 일단 돌아서 옆으로 피해 봅니다. 벽 앞에 주저앉아 좌절할 게 아니라 한 번 크게 돌아가 보거나 벽 아래를 파서 전진해보는 사고방식을 말합니다.

'횡초'를 가장 잘 실천하는 사물이 물입니다. 동강의 물줄기는 거침없이 횡초를 하면서 어울림을 이루어냅니다. 사랑과 애정은 어울림의 과정에서 발생하는 윤활유입니다.

동강은 눈이 진눈깨비로 바뀌고 진눈깨비가 비로 바뀌는 지금도 흐릅니다. 그녀가 동강처럼 여러 모습으로 흘러갔더라면……

# 크리슈나의 바다 _

중국 전문가인 한 지인이 들려준 이야기입니다. 중국의 어느 도시에서 한 소년이 대로에서 피를 흘리면서 죽어가고 있었습니다. 소년의 숨이 다해가고 있는데도 그 많은 사람이 태연히 지나가더란 겁니다. 그리고 소년의 마지막 헐떡거림도 잦아들었습니다.

역사적으로 보면 인육을 먹으며 생존을 이어가야 했던 적도 종종 있습니다. 프랑스 루브르박물관이 자랑하는 대작인 테오도르 제리코의 「메두사호의 뗏목」은 그 이야기를 담고 있습니다. 난파선에서 떨어져 나온 뗏목 위에 탄 수십 명의 사람이 가물가물하게 상선을 향해 손을 흔들고 있는 처절함이 숨을 탁 멎게 합니다.

현실은 이처럼 비정합니다. 그래서 유명 무협만화가 이재학은 작품 제목을 『무림 비정』이라고 짓기도 했습니다. 우리는 그런 현실 속에서 살아남기 위해 몸부림칩니다. 때로는 본능에 매달린 채, 때로는 이성에 의지한 채, 때로는 신의 사랑을 갈망하며.

인생은 살벌한 모험임을 일깨우는 작품이 제85회 아카데미 시상식에서 4관왕을 차지한 이안 감독의 영화 「라이프 오브 파이」입니다. 과연 인생이란 망망대해를 어떻게 여행해야 할까요?

무엇이든 믿는 인도 소년 파이의 가족이 탄 화물선은 캐나다로 가던 중 폭풍을 만나 좌초합니다. 파이는 호랑이, 하이에나, 얼룩말,

226

우랑우탄과 함께 보트를 타고 살아남습니다. 하이에나는 얼룩말과 오랑우탄을 먹어치우고 호랑이는 하이에나를 죽입니다. 소년 파이는 살기등등한 호랑이와 함께 보트를 타고 망망대해에서 표류 생활을 시작합니다.

파이는 이민을 떠나기 전부터 종교에 호기심이 많은 소년이었습니다. 힌두교, 이슬람교, 불교, 기독교를 몽땅 섭렵합니다. 교회를 나서면서는 "비슈누*, 고마워요. 그리스도를 소개해줘서."라고 태연하게 말해 관객의 웃음을 빵 터지게 하는 주인공입니다.

엄마는 어릴 적부터 파이에게 신들의 이야기를 자주 들려주곤 했습니다. '크리슈나**의 입 속을 들여다보았더니 그 속에 우주가 있었다'는 이야기를 들으며 파이는 그 장면을 떠올립니다.

크리슈나는 우주의 수호신인 비슈누의 화신으로 장난기가 가득한 신입니다. 힌두 신화는 실제로 그의 양어머니 야소다가 크리슈나의 목을 들여다보았을 때 우주 전체가 보여 놀랐다고 전합니다. 반면 파이의 아빠는 밥상머리에서 항상 종교보다는 이성을 강조합니다.

파이는 어느 순간 망망대해에서 하늘과 수면, 별이 서로 거울처럼 비치고 혹등고래가 뛰어올랐다 떨어지는 신비한 바다를 경험합니다.

영화 끝 무렵 화물선 회사 조사관들이 기적적으로 살아남은 파이

---

* 비슈누Visnu. 힌두교의 신. 세계의 보존과 유지를 담당하며 인류를 보호한다.
** 크리슈나Krsna. 힌두교의 신. 비슈누 화신의 하나이다.

에게 사건 경위를 요구합니다. 조사관들은 동물들의 살육과 호랑이와의 동거 이야기를 믿지 않습니다. 그러자 파이는 B버전의 이야기를 들려줍니다. 화물선에서 파이 가족을 괴롭히던 조리사(하이에나)가 채식주의자 승객(얼룩말), 파이 엄마(우랑우탄)를 죽였고, 파이(호랑이)가 조리사를 처단했다고.

영화 그대로인 A버전과 조사관들에게 들려준 B버전의 이야기 중 무엇이 진실인지는 모릅니다. 다양한 해석의 여지를 남기는 영화입니다. 호랑이를 파이의 본능으로 보면 A버전과 B버전이 연결됩니다. 보트에서 채식주의자와 파이 엄마를 조리사가 죽이자 파이가 파괴적 본능에 의지해 조리사를 살인한 것이 됩니다. 호랑이가 하이에나를 먹었다면 파이가 조리사의 인육을 섭취해 수십 일간의 표류를 견뎌냈다는 이야기가 됩니다.

멕시코에 도착해 구조됐을 때 호랑이는 숲 속으로 걸어 들어갑니다. 파이가 파괴적 본능과 작별을 했다는 이야기로 해석할 수 있습니다.

파이는 바다에서 예측 불가능한 다양한 상황에 던져졌습니다. 대처해야 하는 상황에 따라 본능과 이성 어느 한 쪽이 우세해져 가면서 살아남았습니다. 본능과 이성 한쪽만 있었다면 파이는 비정한 현실 속에서 살아남을 수 없었을 겁니다. 파이는 우리 자신의 또 다른 모습이기도 합니다.

그러나 인간이 본능과 이성, 두 가지로만 살 수 있는 존재일까요?

「라이프 오브 파이」는 영혼, 종교, 믿음의 차원을 제시합니다. 본능과 이성은 동전의 양면처럼 작용하지만 인간을 그 이상의 차원으로 인도하진 못합니다. 장기간의 표류를 견디게 해준 진정한 힘은 파이가 믿은 신의 사랑이었습니다. 파이는 이렇게 고백합니다.

**신은 나의 고통을 외면한다고 생각했지만 아니었어요. 신은 늘 나를 지켜보고 있던 거예요.**

어쩌면 관객이 B버전의 이야기를 듣기 전까지 영상으로 보았던 A버전 이야기는 파이가 각색한 한 편의 아름다운 상상이었는지 모릅니다. 비참한 현실을 자연주의적으로 드러내지 않고 아름답게 표현하고 그려낼 수 있도록 하는 힘, 모든 것을 신의 사랑과 섭리로 이해하게 하는 힘, 그래서 엄청난 고난도 극복하게 하는 힘. 그것이 종교가 아닐는지요.

해파리들이 물속에서 별처럼 빛나고 하늘과 수면이 거울처럼 비춰준 천상의 아름다움. 그것은 자연 그대로의 모습이 아니라 파이의 마음이 빚어낸 심상일지 모릅니다. 파이는 끝 모를 바다에서 크리슈나를 봅니다. 그의 사랑을 느낍니다. 조난 매뉴얼(이성)이나 인육 섭취(본능)보다 파이에게 더 큰 힘을 불어넣은 것은 역시 바다에서 만난 크리슈나였습니다. 「라이프 오브 파이」는 인간이 초월자의 사랑을 갈망하는 영적 존재임을 다시금 일깨웁니다. 황량한 세상을 아름답게 보게 하는 영혼의 힘은 인간에게 정말 소중합니다.

신의 존재와 사랑은 한 가지로 통합니다. 크리슈나의 기원 자체가 신의 아름다움, 즐거움, 사랑을 구현한 것이니까요.

# 자동 점멸등_

1층 현관 입구는 언제부턴가 어두컴컴했습니다. 그곳에 달린 자동 점멸등이 작동하지 않았기 때문입니다. 불편하다고 느끼면서도 다세대 주택에 사는 누구도 한두 달이 지나는 동안 자동 점멸등을 바꾸려 하지 않았습니다. 특히 밤에는 꼭 필요했는데 말이죠.

명절을 앞두고 조명 기사를 불렀습니다. 그 조명 기사는 사다리를 놓고 능숙한 솜씨로 자동 점멸등을 갈았습니다. 전선을 자르고 한 손으로 검정 테이프로 전선을 휘감는 솜씨가 멋져 보였습니다. 감탄하며 쳐다보다가 저도 모르게 질문을 던졌습니다.

"얼마나 하면 이런 기술을 갖게 되나요."

기사는 허허 웃으면서 답을 했습니다.

"그건 별거 아닙니다. 자동 점멸등은 작업할 때 전기가 흐르는 상태일 경우가 많습니다. 감전되면 찌릿하죠. 그런 게 좀 애로사항이랄까요."

자동 점멸등은 언제 그랬냐는 듯 곧 불을 밝혔습니다. 그 기사에게 참 고마웠습니다. 그 솜씨 때문에 제가 사는 공간은 안락함과 평안을 되찾은 겁니다. 물론 자본주의적 사고방식으로 '돈 받은 만큼 일한 것'이라고 생각할 수도 있습니다만 그분이 한 일은 돈 이상의 가치가 있습니다.

이 세상에서 나 혼자 할 수 있는 건 아무것도 없습니다. 심지어 내 존재는 아버지와 어머니의 사랑으로 만들어졌습니다. 초·중·고등학교를 거쳐 대학교에 가고 직장을 잡은 것도 내가 잘나거나 운이 좋아서 이룬 게 아닙니다. 저는 대학교 입시 날 아침 지각해 경찰 오토바이의 뒤에 타고 헐레벌떡 시험장으로 뛰어들어가는 수험생들을 몇 번 봤습니다. 지각 수험생이 대학 시험에 합격했다면 일등공신 중 한 명은 오토바이를 몬 경찰일 겁니다. 여러 선생님, 도움을 준 학교 교직원들, 회사 선배들까지 감사해야 할 분들이 한둘이 아닙니다. 수많은 사랑이 모여서 나 하나가 만들어지는 것이 세상의 원리입니다.

그런데 그 사실을 까맣게 잊어버리고 살 때가 잦습니다. 이 세상을 내 위주로 놓고 살다 보면 권력 있고 돈 많이 버는 직업만 사람답게 보입니다. 편의를 먼저 봐주지 않았다거나 자신을 조금 불편하게 했다고 해서 힘없는 직원에게 욕을 퍼붓고 윽박지르는 경우를 종종 봅니다. 교권이 무너졌다는 말을 많이들 합니다. 학생들이 마음속으로 선생님을 향해 '당신은 월급 받고 우리를 가르치는 사람에 불과해'라는 태도를 보인다면 그 학교와 교실은 삭막한 입시학원과 다를 바 없습니다.

영화 「타워」에서 소방관들이 화마 속에서 목숨을 걸고 국회의원 부부의 집에 진입합니다. 금배지를 번뜩이는 부부는 "이렇게 늦게 오면 어떡해."라고 적반하장격으로 화를 냅니다. 빛나는 금배지에 깃든 극도의 이기심. 많은 관객이 '저런 사람들은 구하지 말았으면'이란 생각을 했을지도 모릅니다.

자동 점멸등은 사람이 지나가면 당연히 무조건 켜져야 한다고들 생각합니다. 그러나 사람을 자동 점멸등 취급하진 않았으면 좋겠습니다. 그에게 어떤 사정이 있는지부터 살펴보았으면 합니다.

얼마 전 미국 윌리엄즈버그로 부치는 편지를 가지고 우체국을 찾았습니다. 윌리엄즈버그는 뉴욕에서 그리 멀지 않은 곳입니다. 가벼운 편지 한 장이지만 태평양을 건너는 먼 여정입니다. 저는 우푯값으로 2,000원쯤을 예상했습니다. 그런데 청구된 비용은 단돈 640원. 이 편지는 윌리엄즈버그에 도착할 때까지 얼마나 많은 분의 수고와 손길을 거치게 될까요? 우체국 여직원이 제게 내어준 우표가 긴 릴레이의 첫 바통처럼 보였습니다.

윌리엄즈버그에서 제 편지를 받은 분의 기쁨은 640원으로 따질 수 없겠지요. 어쩌면 그분은 제 편지 때문에 1억 원을 주고도 못 얻을 새로운 활력을 찾을지도 모릅니다. 저 역시 그분의 편지를 가끔 꺼내보며 미소를 지으니까요.

이 세상에서 나 혼자 할 수 있는 건
아무것도 없습니다.

# 바보가 된 군견 _

동물들은 철저하게 교감으로 사랑을 확인합니다. 인간보다 훨씬 액티브하게 교감을 표현합니다. 교감의 질과 양에 따라 동물은 천재가 되거나 바보가 되기도 하고, 죽거나 살기도 합니다.

영화배우 신성일은 사면이 산으로 둘러싸인 경북 영천에 한옥을 짓고 그곳에서 풍산개들을 기르며 살고 있습니다. 풍산개 수컷 '백두'와 암컷 '딤프'는 주인이 100미터 밖에서 이름을 불러도 달려옵니다. 2008년 신성일에게 입양된 이 풍산개 커플은 금실도, 건강도 좋아서 스물여덟 마리나 되는 새끼를 낳았습니다.

신성일에게 백두와 딤프는 한가족이나 다름없습니다. 신성일이 새벽에 "얘들아, 가자!" 하고 말하면 백두와 딤프는 '주인이 산책하러 가자고 하는 신호구나!'라면서 대번에 꽁지를 흔들며 따라나섭니다. 주인이 내딛는 발 한 걸음의 방향을 보고 어디로 가는지 알아챕니다.

산책은 백두와 딤프가 이 세상에서 가장 좋아하는 일입니다. 목줄과 지팡이를 쥔 채 걷는 주인 앞에서 백두와 딤프는 컹컹 짖으며 '8'자로 교차하고 춤을 추듯 뒹굽니다. 동작이 얼마나 율동적인지 모릅니다. 동물로선 사랑의 극치입니다. 네 발과 온몸으로 자신의 교감을 표현하기 때문에 인간의 사랑과는 또 다른 엔도르핀을 주인에게 선사합니다. 그 모습을 볼 수 있는 건 이 세상에서 주인만 가지는 특권입니다.

주인과 동물이 교감을 나누는 매개체는 음식입니다. 주인이 반드시 음식을 주어야 합니다. 동물은 사랑이 담뿍 담긴 사료와 그냥 던져주는 사료를 구별합니다. 그래서 신성일은 풍산개들에게 밥을 주더라도 사랑을 담뿍 담긴 먹이를 줍니다. 참치 통조림과 사료를 섞어서 먹이고 틈틈이 돼지 머리를 사다가 보양식으로 줍니다.

신성일이 교감을 깨닫게 된 계기는 1960년대로 거슬러 올라갑니다. 그는 어느 날 수원비행단에 놀러 갔다가 멋진 군견들을 만났습니다. 수원비행단 단장은 최고의 스타였던 그에게 훈련 잘 받아 사람 말을 알아듣는 셰퍼드 군견 한 마리를 선물했습니다. 신성일은 마당에 개집을 짓고 군견을 길렀지만, 하루에 4개의 영화를 찍는 스케줄 탓에 개를 돌볼 여유가 없었습니다.

어느 날부턴가 그는 개가 고통스러워하며 짖어대는 소리와 함께 기상하게 됐습니다. 새벽까지 촬영하고 잠에 취한 그를 깨우기 위해 영화 제작자들이 마당에 있는 군견을 쇠꼬챙이로 찔러댄 것입니다. 군견의 울음으로 신성일을 깨우겠다는 속셈이었습니다. 여러 영화 제작자들에게 쇠꼬챙이로 괴롭힘을 당한 군견은 대한민국에서 가장 우수한 개였으나 더는 사람의 말도 못 알아듣고 행동도 이상해진 바보가 됐습니다. 결국 군견은 수행비행단으로 돌아갔습니다.

말은 주인과의 교감을 개보다 훨씬 더 절실하게 요구합니다. 신성일은 한옥을 처음 지었을 때 말도 길렀습니다. 말은 주인에게 사랑해 달라고 낑낑대고 꽁지를 흔들어 댑니다. 말의 목을 탁탁 쳐주는 게 말에겐 지극한 애정 표시입니다.

몽골 사람들이 한때 연전연승하며 대제국을 건설할 수 있던 원동력은 말과의 교감이었습니다. 말은 달아나는 것 외에는 맹수로부터 자신을 보호할 무기가 없습니다. 무리지어 생활하는데 혼자 고립되면 외로움을 참지 못합니다. 그래서 말은 주인을 운명의 파트너로 받아들입니다.

말은 주인이 안 보이기만 해도 살이 바싹바싹 마릅니다. 먹이를 잘 주는 건 둘째 문제죠. 당시 신성일은 바빠서 영천에서 서울로 자주 오갔습니다. 말이 야위어 가는 모습을 더는 지켜볼 수 없던 그는 말 기르기에서 손을 뗐습니다. 욕심으로 붙잡고 있다간 말을 죽일 수도 있겠다는 생각이 들어서였습니다.

정 여사는 「개그콘서트」에서 스타가 된 브라우니에게 항상 "브라우니, 물어! 물어!"라고 외칩니다. 브라우니는 단 한 번도 문 적이 없지요. 정 여사는 동물과 교감하는 법부터 배워야 하지 않을까요?

# 그의 이름은 _

🪑 꼬마 아이들이 "전쟁 난대요." 하면서 호들갑을 떨 때가 있습니다. 북한이 도발하며 정세를 험악하게 몰고 갈 때마다 벌어지는 일입니다. 같은 민족이면서도 총부리를 들이대는 북한은 우리에겐 딜레마와 같은 존재입니다. 그리고 언제가 통일되어 함께 살아가야 할한민족이기도 합니다.

저는 푸치니가 그의 생애에서 마지막으로 남긴 오페라 「투란도트」에 통일 문제의 해법이 숨어 있다고 생각합니다. 「투란도트」의 중국 공주 투란도트는 세 개의 수수께끼를 내서 맞히는 사람을 남편으로 맞겠다고 약속하지만 실패한 구혼자들을 사형시키는 차가운 피의 소유자입니다. 오래전 타타르군의 침입으로 로린 공주가 세상을 떠난 데 대한 복수로 남자들을 잔혹하게 죽이는 것이죠. 투란도트의 아버지인 황제 알툼이 피의 축전을 말리지만 혈관 속까지 싸늘해진 그녀의 증오심은 무엇으로도 온기를 찾지 못합니다. 투란도트에겐 어떤 설득이나 논리도 통하지 않습니다. 이미 수많은 도전자가 목숨을 잃었고 페르시아 왕자 역시 처형장으로 끌려 나옵니다.

타타르 왕자 칼라프는 처형장에서 나라를 잃고 방랑하는 타타르왕이자 아버지 티무르와 젊은 여자 노예 류를 만납니다. 감격의 순간도 잠시. 황금빛 옷을 입은 투란도트의 미모에 넋을 빼앗긴 칼라프는 사랑을 얻기 위해 세 가지 수수께끼에 도전합니다.

'용기 있는 자가 미인을 얻는다'는 말은 칼라프에게 어울립니다. 칼라프는 주변을 돌며 알쏭달쏭한 수수께끼를 노래하는 투란도트에 맞서 '희망, 피, 투란도트'라는 세 가지 답을 패기 넘치게 연달아 외칩니다. 순식간에 전세 역전. 몸이 휘청거릴 만큼 당황하면서도 투란도트는 남자의 노예가 될 수 없다며 약속을 지키지 않습니다. 칼라프는 남자에 대한 증오심이 여전한 상태에서 그녀의 몸을 빼앗아 보았자 소용없다는 것을 잘 알고 있습니다. 그가 얻고 싶은 건 중국 황제의 사위 자리나 투란도트의 미모가 아닌, 진정한 사랑이었으니까요.

칼라프는 새벽이 오기 전까지 자신의 이름을 맞추면 투란도트가 이기는 것으로 하겠다고 제안합니다. 투란도트는 그의 이름을 알아내기 전까진 북경의 모든 주민이 잠들 수 없다고 명령합니다. 페르시아 왕자의 처형장에서 칼라프와 이야기를 나누었던 티무르와 류가 투란도트 앞에 끌려나옵니다. 모두 티무르와 류에게 칼라프의 이름을 말하라고 다그치고 고문합니다. 칼라프를 사랑하는 류는 "공주님은 왕자님을 사랑하게 될 것입니다."라고 외치며 그의 이름을 말하지 않은 채 자결합니다.

노예인 류는 어떻게 칼라프를 사랑하게 된 걸까요? 칼라프가 과거 그녀에게 지어준 미소 때문입니다. 류는 노예의 신분이지만 고귀한 공주인 투란도트에게 진실한 사랑이 무엇인지 가르쳐줍니다. 그래도 투란도트는 "나는 인간이 아니라 자유롭고 순수한 하늘의 딸이라오. 그대는 차가운 나의 베일을 잡았으나 나의 영혼은 그 위에 있소."라며 적의를 거두지 않습니다.

새벽이 끝나기 직전입니다. 칼라프는 "당신이 원한다면 나를 죽일 수도 있소. 내 이름은 칼라프, 티무르의 아들. 그대가 이겼소."라고 투란도트에게 답을 알려줍니다. 사랑하는 사람을 괴로움에 빠트릴 수 없었던 것이죠.

황제 앞에서 투란도트가 미소를 지으며 "오, 아버님! 저는 드디어 저 이방인의 이름을 알아냈어요! 그의 이름은……!"하고 외칠 때만 해도 이 모든 것이 칼라프의 만용이 아니냐는 생각이 듭니다. 투란도트는 틀림없이 "칼라프"라고 외치며 사형을 요구할 테니까요. 그런데 그녀의 입에선 뜻밖의 이름이 나옵니다. "사랑!"

이 세상 무엇으로도 바꿀 수 없던 그녀의 마음에 깃든 것은 사랑이었습니다. 자신의 목숨도 아끼지 않은 왕자 칼라프의 헌신이 그녀를 변화시켰습니다.

투란도트는 북한이 아닐까요? 북한은 대한민국에 대한 증오심 하나로 체제를 유지해왔습니다. 차갑고 무자비한 투란도트가 북한이라면 대한민국은 그녀의 마음을 얻어야 하는 칼라프 왕자의 입장입니다. 대한민국이 압도적인 경제력으로 북한을 흡수한다고 해도 북한 주민의 마음을 진정으로 얻지 못하는 한, 통일은 형식에 그치게 됩니다. 우리의 귀중한 것도 희생하면서 내어주는 사랑을 끊임없이 보여주면 봄바람이 차가운 북녘땅을 녹일 것입니다.

사랑. 푸치니는 이 위대한 힘을 최후의 반전 카드로 쓴 「투란도트」를 완성하지 못하고 숨을 거두었습니다. 1926년 4월 5일 이탈리아 밀라노의 라 스칼라 오페라 극장에서 초연됐습니다. 그때 지휘자 아루트로 토스카니니는 류의 죽음과 장례식 장면을 그린 제3막 1장에서 지휘봉을 놓고 "여기에서 마에스트로는 펜을 멈추었습니다."라고 객석을 향해 말하고 연주를 멈추었습니다.

위대한 작곡가 푸치니는 시대를 초월하는 감동과 해법을 남겼습니다. 그의 이름은 사랑!

KI신서 5192

# 사랑책

**1판 1쇄 발행** 2013년 10월 11일
**1판 2쇄 발행** 2013년 12월 10일

**지은이** 장상용
**펴낸이** 김영곤 **펴낸곳** (주)북이십일 21세기북스
**부사장** 임병주 **이사** 주명석
**출판콘텐츠기획실장** 안선희
**기획** 송무호 **디자인 표지** 윤영선 **본문** 윤영선 전지선
**마케팅영업본부장** 이희영
**영업** 이경희 정경원 정병철 **마케팅** 김현섭 최혜령 강서영
**출판등록** 2000년 5월 6일 제10-1965호
**주소** (우413-120) 경기도 파주시 회동길 201(문발동)
**대표전화** 031-955-2100 **팩스** 031-955-2151 **이메일** book21@book21.co.kr
**홈페이지** www.book21.com **트위터** @21cbook **블로그** b.book21.com

ISBN 978-89-509-5133-7 03810
책값은 뒤표지에 있습니다.